ANTIFACES

ANTIFACES

JENNIFER THORNDIKE

www.suburbanoediciones.com

@suburbanocom

NY DOESN'T LOVE YOU

Febrero 1996

Tengo una sorpresa, me dijo mi papá. Esperé unos días antes de ir a la tienda Kodak a revelar la sorpresa escondida en su cámara fotográfica. Daba vueltas, impaciente, me mordía las uñas frente al mostrador donde me habían prometido tener las fotos listas en una hora. Mi agonía hubiera sido más corta de haber visto esa foto en la pantalla de una cámara digital. Esa foto que representaba la traición. Decepción y molestia que roían mis huesos por dentro. Mi cuerpo de doce años no podría soportarlo.

Mi papá recibió el sobre con las fotos y pagó por el servicio. Todas han salido bien, dijo el empleado. Qué bien, qué bien, respondió mi papá mientras yo intentaba quitarle el sobre de las manos. Comencé a pasar las fotos desesperadamente con esos dedos que había mordido hasta sacar sangre. Buscaba la sorpresa mientras mi papá intentaba describir fotos que no me interesaban. Washington, el Capitolio. Tu tía saludándote. La estatua de Rocky Balboa en Filadelfia. Y luego Nueva York, la Estatua de la Libertad. No me dijiste que ibas a Nueva York, le dije. Era una sorpresa, repitió él. La sorpresa me dio un golpe en el estómago. Mis dedos temerosos seguían buscando la foto que terminaría por dejar mi cuerpo inutilizable. Y ahí estaba: mi papá en cuclillas al lado del monumento a Lennon en Central Park, ese mosaico blanco y negro que yo conocía por revistas y recortes de periódico. Lo conozco desde todos los ángulos, lo he dibujado varias veces con los dedos, sé cuándo lo construyeron. Mira la siguiente foto, dijo mi papá, es el Dakota. Lo veo conversando con el vigilante en la puerta del edificio. Yoko todavía vive ahí. Claro que sé, le dije. He leído la historia, he guardado cada noticia, las dos últimas navidades y cumpleaños he pedido discos de los Beatles, he forrado mis cuadernos de colegio con sus fotos. Soy fan, sé todo, claro que sé todo. Sentía las orejas calientes, las mejillas inflamadas. Rabia, dolor. Mi papá sacó de su bolsillo la mitad de una servilleta y la desdobló. *To John, with love. Ernesto and Jennifer from Lima-Perú*, leí. Me dijo que había dejado el otro pedazo en el monumento, con la misma inscripción. Esta parte es para ti, Jen, es como si hubieras estado ahí conmigo. Y extendió la mano para dármela. Sentí ganas de arrugar todas las fotos y limpiarme la humedad de los ojos con la servilleta

Seguí sin hablar todo el camino de regreso. Los puños apretados, los músculos de la cara tensos, la música que sonaba desde un cassette que yo había grabado con mis canciones favoritas. Lennon era mi preferido, era yo quien debía estar en cuclillas en esa foto o conversando con el vigilante del Dakota. Mi papá se había olvidado que en ese mismo Volkswagen amarillo había prometido llevarme a ese

lugar mientras yo cantaba frenéticamente "Instant Karma".
Iremos juntos, te vas a sentar al lado de la palabra *Imagine* del
mosaico y vas a tener tu foto. Vamos a cantar "Lucy" en voz
alta para que otros se nos unan. Te lo prometo. Y esperando
ese momento yo me había cortado el cerquillo de los Beatles
y a mi papá ya le crecía el bigote de Sgt. Pepper. Éramos fans
y el gusto por la música nos volvía cómplices. Solo él y yo
podíamos entender la belleza de escuchar en el Volkswagen
amarillo el *Abbey Road* completo. Pero algo se había roto en
ese momento. Me dijiste que iríamos a Nueva York juntos,
que visitaríamos esos lugares juntos, que nos tomaríamos
estas fotos juntos, le dije cuando paró el auto frente a la
casa. Cuando bajamos, tiré la puerta del auto. Luego subí
al baño, agarré unas tijeras y me corté el cerquillo. Algunos
pelos se quedaron enredados en mis manos, otros atracaron
el drenaje.

Septiembre 2012

El pelo mojado, los pies sumergidos en un charco de agua empozada, dieciséis años después. Había llovido en Nueva York y yo no tenía paraguas, había llovido y yo estaba frente al Dakota. Un vigilante me dijo que me fuera. Saqué mi cámara, *can you take me a pic...,* pronuncié mientras él negaba con la cabeza repitiendo que me vaya. Me alejé a punto de estornudar, temblando debajo de ese abrigo empapado que pesaba en los hombros. Protegía la cámara de la lluvia que comenzaba otra vez y me impedía tomar la foto que había esperado durante dieciséis años. Estaba sola, en la esquina de la 72 con Central Park West, con un mapa de Manhattan que goteaba, se despintaba, se rompía. Serán 40 ó 50 pasos, estoy muy cerca, pensé mientras limpiaba mis lentes. Las lunas empañadas, las minúsculas gotas que se me ponían delante. Caminé contando mis pasos e intentando no tropezar. Y llegué al lugar: el mosaico blanco y negro, la palabra *Imagine*, unos niños saltando encima de los charcos. Salgan, salgan, quise decirles en un gesto inútil porque no tenía quién me tomara la foto. La gente de alrededor desconfiaba de mi penoso aspecto y de mi cara de asombro. No lo podían entender. Ya no tenía el cerquillo de mi infancia ni me acordaba del todo las letras de las canciones, pero seguía siendo fan, seguía queriendo la foto, seguía pensando en la traición que después de tantos años venía a remediarse aunque mi cámara fuera antigua de rollo, y ya nadie se acordaba cómo manejar. La foto tenía que estar en papel y ser revelada en la tienda Kodak en baja resolución. Tenía que mostrarme a mí en cuclillas frente al mosaico. Pero nadie quiso tomarme la foto. Quise poner en el mosaico la servilleta conservada durante dieciséis años y de mi bolsillo solo salió un pedazo de papel mojado. *You love NY, but NY doesn't love you,* leí la camiseta de un chico que se reía sin parar.

Me senté en una banca. Ya sentía la inflamación de la garganta, el dolor en los músculos, las mejillas recalentadas. Un grupo de personas haciendo *jogging* pasaron a mi lado. Extraño, pensé, con esta lluvia. Más atrás, una mujer robusta llevaba un enorme paraguas blanco, detrás iba una mujer pequeña. Extraño, volví a pensar. Miré con detenimiento. Y otra vez sentí el golpe en el estómago. La mujer pequeña, oriental, me sonrió y dijo *"Hi"*. *"Hi, Yoko"*, respondí instintivamente. Ella asintió con la cabeza y siguió su camino, junto a otro grupo de joggistas que la seguían a poca distancia. No pude hablar. Quería gritar, preguntar si alguien más la había reconocido. Quería pararme, seguir al grupo de joggistas, empujarlos y darles codazos para comprobar si era ella. Pero ya estaban demasiado lejos. Entonces me toqué el cerquillo inexistente, pasé mis manos por el bigote de Sgt. Pepper de mi papá que hacía poco se había afeitado. Sentí en mi bolsillo la servilleta destrozada, caminé hacia el mosaico y me puse en cuclillas. Nadie me tomó la foto, pero yo tenía doce años nuevamente y mi sorpresa al fin había llegado. Al día siguiente llegaría la fiebre y el dolor de garganta que me dejaría sin habla, sin poder contárselo a mi papá que esperaba ansiosamente su redención al otro lado de la línea telefónica.

LABIOS AJENOS

Esa noche, cuando regresé a casa y me quité el disfraz, tenía el calzón mojado. Toqué ahí abajo y sentí la humedad viscosa, evidente señal de la calentura ocasionada por el lunar sobre su labio superior, a la derecha, que marcaba el camino hacia su boca pequeña, roja y carnosa. Si algo adoré esa noche, fue aquel lunar que quise lamer, besar, morder antes de desear cualquier otro atributo de su cuerpo. Yo bebía un *shot* de tequila y ella me hacía ojitos a la distancia mientras un borracho le manoseaba la pierna. Otro tequila, por favor, le dije al *bartender*. La chica me guiñó el ojo y yo sonreí: mi disfraz la había engañado. Primera vez que visitaba una discoteca *straight* vestida de hombre y las cosas estaban saliendo muy bien. Ella se inclinó hacia delante, como si quisiera ofrecerme su escote, y pasó la lengua por sus labios mientras cerraba los ojos y se dejaba tocar por el tipo que la acompañaba. Yo, concentrada en su lunar, me peiné el mostacho y le volví a sonreír. Sequé otro *shot*. Limón, sal, tequila quemando mi garganta, ella mordiéndose el labio, acomodándose los mechones oscuros de su pelo. Un guiño más y perdería la cordura.

La aventura de mi transformación había comenzado con la llegada de una caja que salió desde San Francisco y dos semanas después llegó a mi departamento. Muerta de la risa, comencé a sacar los productos y juguetear con ellos. La tienda tenía una web muy llamativa, con un *header* que exhibía a unas chicas guapísimas disfrazadas de chicos guapísimos y un titular que por ratos decía *"Girls dressed as boys look pretty, hot and sexy"* y por otros *"You can be the hottest drag king ever!"* No podía contener la risa. Fui saltando de link en link y terminé comprando vendas para ocultar las tetas, mostachos falsos y una pinga de plástico *ultra realistic* que prometía hacerme sentir como todo un hombre, que nunca pude usar porque no sabía cómo quitármelo después de pegarlo entre mis piernas. Me hice un corte de pelo que me servía para ir de hombre o de mujer, y lo complementé con unas mechas rubias bien maricones. Después fui a comprar ropa a la sección de hombres. Esa misma tarde me vestí por primera vez como Valentín, versión masculina de mi nombre real. ¿Valentín? *No way.* Levanté una ceja. Valentín me sonaba espantoso, con ese nombre no me iba a levantar a nadie. Así que me cambié a Francisco. Empresario en sus *early thirties*, bien plantado y con buena billetera. Comencé a carcajearme tirada en mi cama, con las manos en el estómago, y el pene artificial metido en mi calzón morado. Tenía una imagen muy realista de Francisco, pero en el fondo tenía miedo de que no fuera suficiente para engañar a las chicas. Por eso me quité la ropa y solo tres semanas después volví a buscar el disfraz, que estaba hecho una bola debajo de la cama, con la pinga de plástico envuelta entre la ropa. Sonreí. Esa noche estaba tan aburrida que decidí sacar a Francisco de paseo. Me envolví bien con las vendas hasta ocultar mis tetas por completo, me vestí con una casaca de cuero, camisa gris, pantalón oscuro, me peiné con gel, me pegué el mostacho y me miré al espejo. Me veía realmente bien. Reí. Tarjetas, dinero, llaves. Metí todo al bolsillo y salí.

Adelante, señor, bienvenido, escuché que me decían al entrar a la discoteca. Señor, ¿quiere un trago? Señor, ¿le guardamos el saco? Me mantuve callada la mayor parte del tiempo porque tenía miedo que mi voz me delatara. Sentada en la barra, pedí un *apple martini*. El barman me miró extrañado. Va a pensar que soy maricón, pensé, y cambié el pedido por lo más macho que se me ocurrió, un *shot* de tequila que, al secarlo de golpe, me hizo temblar el mostacho. Fue en ese momento que vi el lunar, el lunar de la chica con las piernas más lindas de la discoteca, rodeada de tipos que la tomaban por la cintura y le ofrecían coloridos cócteles. La boca pintada de rojo intenso, el lunar sensual que yo quería besar. Ella se acomodó el cerquillo, coqueta, y yo tomé otro tequila a su salud mientras ella abría las piernas y me miraba tentadora. Me pareció que no llevaba calzón, y el mío estaba cada vez más mojado. Salud, le dije solo moviendo los labios, a la distancia, y ella me seguía sonriendo. Salud, salud, más salud. Me empecé a emborrachar: un tequila más y la vi acercarse con la blusa desabrochada, la sonrisa de lado y el lunar riquísimo. Se sentó a mi lado y frotó su muslo contra mi pierna temblorosa. Me llamo Andrea, ¿y tú? Le susurré que Francisco, pero creo que no me escuchó. Me preguntó si le invitaba una cerveza. Yo asentí sin decir una palabra, con miedo de que mi voz aguda delatara la falsedad de mi mostacho. Me va a descubrir la rica y putísima Andrea, también su lunar, ese lunar que quiero lamer incluso más que sus pezones y su húmeda abertura.

Me acerqué a ella y le besé el lunar. Lo lamí, lo mordí, me pegué a sus labios, metí mi lengua, profundicé. Ella quiso hablar, pero yo no la dejé, no podía hacerlo, seguí besándola. Le toqué el muslo, metí la mano dentro de su minifalda y mis dedos se mojaron entre sus piernas. Y ella, que suspiraba cada vez con más fuerza, estiró la mano para tocarme por debajo del pantalón. Solo en ese momento recordé que a último momento decidí no usar la pinga de plástico por miedo a que se me fuera a caer mientras bailaba con alguna chica. Con cara de indignación, Andrea se apartó de mi lado y por un momento pensé que me iba a agarrar a cachetadas. Pero no lo hizo, sino que sonrió. Y yo, Francisco, ¿empresario? ¿abogado?, bien plantado y con buena billetera, sonreí mientras me pareció ver que el lunar se alejaba, o acaso se volvía a acercar, y se perdió entre unos labios que quizá no eran los míos.

SOBREVIVIENTES

.

1

A veces imagino tu cara en una mueca retorcida, a punto de reírse. Imagino que me miras y contienes una carcajada que quiere escaparse, una carcajada que se forma en tu pecho y emerge caliente, quemándote la garganta. Te ríes ante cada uno de mis fracasos: pones las manos en el estómago, tensas la mandíbula y comienzas con una risa casi inaudible, una torcedura de labios, una levantada de cejas. Luego abandonas el salón de clase y afuera ríes y ríes. Tu cuerpo se dobla de felicidad. No te contienes, sino que me llamas para hacerlo más evidente. Quieres que salga humillada y te mire rabiosa, quieres que explote por dentro, que las ganas de gritar me consuman hasta reducirme y convertirme en el ser insignificante que crees que soy. Así es el doctorado, así es la academia: violencia, competencia, capacidad de dañar. Dañar, golpear, lacerar. Tener más conocimiento, también más maldad.

Te ríes: la boca abierta, los ojos llorosos, la sensación de ahogo. Esta vez porque mi lectura del texto no solo no fue alabada, sino que fue refutada por el Advisor. Eso es biografismo, me dijo, no nos interesa discutir la intención de autor, continuó frotándose el mostacho y dándole la palabra a otro compañero. Cuando intenté defenderme, balbuceé una incoherencia y él dijo, dirigiéndose a la clase, que era mejor pensar un poco antes de hablar, sobre todo si no tenemos claros ciertos conceptos. Se levantó con dificultad de la silla y comenzó a dar una clase escolar sobre deconstrucción que estaba dirigida a mí. Incluso te consultó: Alessa, tú que sí has leído bien a Derrida, ¿podrías aclarar este punto? Y tú lo hiciste, hablaste casi quince minutos sobre *On Grammatology*. Cuando terminaste, apareció la mueca, el brillo en los ojos detrás de esos lentes que te has puesto para parecer intelectual, el codazo al compañero del costado, el dedo señalándome. Y la risa, esa risa que me golpea la cabeza y me hace apretar los dientes noche tras noche cuando intento taparme los oídos con la almohada para no escucharte. Entonces me envuelvo en la sábana y grito. Grito para que se calle tu risa. Pero sigue retumbando en las paredes, en el techo, en el suelo. Sin parar.

2

Siento arcadas al abrir la puerta de mi apartamento. Toso, me cubro la nariz. El hedor es insoportable. ¡Dónde estás, dónde estás!, grito. Busco al gato, ese gato peludo, gris, horrible que recogí de las calles para no sentirme tan sola. ¡Dónde estás! Gato asqueroso, se caga fuera de su caja de arena para ponerme peor de lo que ya estoy. No importa cuántas veces le haga oler los pedazos de excremento, cuántas veces le grite o le de palmazos en el lomo, siempre lo hace para vengarse porque no puedo jugar con él. No puedo, gato, no tengo tiempo. Tengo que escribir la tesis, tengo que leer, tengo que ser la mejor, tengo que ganarle. Lo veo en la ventana. Cuando repara en mi presencia, se esconde debajo de la cama. Sabe lo que ha hecho. Le grito más fuerte, lo insulto. Después me callo y él saca su cabeza. Le brillan los ojos. Yo le tiro las hojas tachadas de mi propuesta de tesis. Me las ha devuelto el Advisor con varias anotaciones, la mayoría de los párrafos impugnados. El gato mira las hojas, luego me observa desafiante. Me siento una tonta por dejarlo abandonado, solamente para volver a fracasar, como tantas veces.

Recojo las hojas. De las veinte, hay doce que debo botar a la basura. Las demás, exceptuando una, necesitan cambios. Eso dijo el Advisor, necesitan cambios. Lee todo de nuevo porque no has entendido bien. Hay que leer varias veces, leer línea por línea, continuó mientras se frotaba el mostacho, gesto característico de su insatisfacción. Luego trajo un lápiz y una hoja en blanco y comenzó a hablar, a dibujar mapas, círculos, líneas, palabras inconexas. Yo no podía escuchar nada, no podía entenderlo. Minutos antes Alessa había salido de su oficina con el prospecto de tesis en las manos. Me abrazó al saludarme. Hipócrita, pensé. Estoy feliz, dijo sonriente, ya podré comenzar a escribir la tesis. Después me enseñó el pequeño signo aprobatorio en la esquina superior de la primera hoja. Un *check* en rojo, un *check* que yo esperaba, multiplicado. Cuando al Advisor le gustaba mucho un trabajo, ponía doble *check*. Lo había visto muy pocas veces, nunca en uno de mis ensayos. Me sacó de la oficina a los quince minutos, no tenía nada más que hablar conmigo. Con Alessa se había quedado casi dos horas.

Pongo las hojas tachadas sobre la mesa y voy al baño. Me pongo los guantes, busco el desinfectante y la escoba. Me dispongo a buscar los excrementos del gato. Miro en los rincones, también debajo del sillón. A los lados de la cama, en el clóset, en algún zapato. El animal está en la ventana y me mira de reojo. Una imagen patética: enguantada, arrodillada en el suelo. ¡Dónde te has hecho!, le grito de nuevo. Entonces me acuerdo del Advisor, de su indignación al tachar las hojas, de su lapicero rojo que goteaba encima de las palabras que tanto me había costado escribir. Tu lectura es algo confusa, dijo cuando yo pensé que levantaba el lapicero para ponerme los dos *checks*. Otros estudiantes tienen las ideas mucho más claras que tú, continuó. Yo sabía que se refería a Alessa porque ella era la única que tenía decidido su tema de investigación desde el inicio. Siempre repetía: "Al final del primer año me di cuenta de que seis de mis ocho ensayos trataban sobre enfermos o locos en la literatura latinoamericana. El tema llegó a mí". Llegó a ella, la más inteligente, la que aprendió sin parar desde que empezamos el doctorado, la que trabajaba solo tres horas al día y tenía el ensayo terminado antes que todos los demás. A partir de ese momento, Alessa se volvió monotemática: siempre hablaba de lo mismo, leía de lo mismo, escribía sobre lo mismo. Y complementaba con algunas lecturas que le mandaba el Advisor para "hacer más sólido mi marco teórico". Trabajaba con ambición, con las cosas claras. Ella sí sabía a dónde quería llegar mientras yo solamente quería demostrarle que podía ser mejor que ella. Estudiaba para eso, trabajaba para eso, me destruía por eso. Pero nunca era suficiente: si yo iba a dos conferencias al año, ella iba a cinco; si yo me contactaba con algún académico, ella de inmediato le escribía para decirle lo mucho que admiraba su trabajo; si yo hablaba mal de su trabajo con los nuevos alumnos del doctorado, ella ya les se había contado lo malos que éramos todos los de su año y lo fácil que era hacernos llorar con una pregunta bien formulada. Yo era una mediocre que había destinado mi vida a acosarla mientras ella me destrozaba frente a todos. Soy una mediocre, pensé, arrodillada frente al gato, buscando sus excrementos. Y después de terminar la limpieza abro la ventana para disipar el olor y me siento en la silla del comedor para revisar las correcciones. Pero al sentarme una mancha asquerosa se esparce en mi ropa. El hedor sube por las fosas nasales. He nacido para ser derrotada por unas hojas de papel y un gato que ha arruinado mis muebles y mi ropa. Por un *check* en lapicero rojo y una risa que no deja de sonar en mi cabeza.

3

Todas las mañanas intento peinarme con cuidado, pero es inútil. Una mata de pelo se desprende, después otra y otra más. Las miro y hago una bola con ellas, una bola grande que después tiro al tacho de basura. Una bola con mis manos inquietas, manos de quien toma demasiadas tazas de mal café cada día. Me voy a quedar sin pelo por culpa del doctorado, pienso cuando veo otras tres bolas de pelo que aumentan mis ojeras y mi estrés interminable. Calvicie y gastritis, esa gastritis que empeora cada día más. Estrés por la falta de tiempo, por lo que va a pensar el Advisor, por el siguiente logro de Alessa. Entonces mi estómago se manifiesta. Ardor y dolor. Y yo con la botellita de antiácido, una, dos, tres cucharadas. Pero no me alivia. Me sirvo un vaso de leche, intento tomarla mientras veo otra bola de pelo rodar por el suelo.

Hubo tres suicidios en la universidad en menos de un mes. Una alumna se lanzó desde su apartamento, piso diecisiete. A un chico lo encontraron colgado en su dormitorio. Del último no hay mayor información. A través del periódico estudiantil, el Presidente de la universidad lamenta mucho las pérdidas y ofrece condolencias a las familias. Los difuntos aparecen sonrientes, se les describe como "alumnos ejemplares, jovencitos llenos de energía que repartían su tiempo entre las *fraternities* o *sororities*, los deportes y otras actividades necesarias para su *curriculum*". Seguramente estaban inscritos en más cursos de los que debían, estudiaban sin dormir, comían en las clases. La universidad lo lamenta, dice la carta del Presidente, esa misma que fomenta la competencia, que engendra monstruos capaces de humillar para sobresalir, que se ríen a carcajadas del fracaso de sus compañeros. *It is what it is*, trabajar hasta que se te marquen las ojeras y no te reconozcas en el espejo, competir porque eso es tener ambición, eso es un auténtico ganador. Los amigos de los chicos muertos declaran a media voz en otros medios. Se repiten las palabras presión, ansiedad, *Xanax*. Hay que ser un aparato de producción, un cuerpo convertido en una máquina.

El Presidente manda emails. Busquen ayuda en el centro de apoyo psicológico, es gratis. Parece preocupado por los estudiantes, pero en realidad el problema es que el aumento de la tasa de suicidios no es bueno para la imagen de la universidad. Entonces, llega un email de nuestro Departamento. Nos citan a los estudiantes graduados, que también somos profesores, para hablar de los suicidios y discutir cómo lidiar con los alumnos que no aguantan la presión del sistema. Hay que estar alerta con los desadaptados, esos que todavía no aprenden cómo son las cosas. Las caras de las coordinadoras que nos hablan se muestran compungidas, en un gesto de dolor que más parece incertidumbre. Está claro que no saben qué hacer, sobre todo porque dos de los tres suicidas tomaron cursos en nuestro Departamento. Me limpio algunos pelos de la solapa y cuando los miro enredados en mis dedos quiero levantarme de la silla y decirles que dejen de pedirnos estupideces y que se den cuenta de que el sistema es una mierda. Todo está muy mal. Quisiera decir, por ejemplo, que la señorita sentada a mi lado, Alessa, lo único que hace es burlarse de lo mal que me va en las clases. Que desde que llegué al doctorado no he dejado de escuchar sus humillaciones, que no soporto su soberbia. Que por su culpa el pelo se me cae y he perdido varios kilos por esta gastritis que me quema las tripas. Que parezco un esqueleto con cuatro pelos en la cabeza, secos, débiles, quebradizos. Y entonces Alessa se levanta y, con su voz didáctica y profesional, expone ejemplos de lo que hace en su clase para que los alumnos no se agobien y se sientan bien. Ha llevado un Power Point para explicar los estúpidos juegos que comparte con sus alumnos. Alessa, además de ser la mejor estudiante, es también la mejor profesora. Y las coordinadoras, que no sabían qué hacer, ahora se sienten iluminadas. La aplauden, la felicitan mientras ella sacude su melena abundante sobre mi cara.

4

La universidad instaló una minúscula placa en una banca con los nombres de los tres chicos caídos durante el semestre. Yo quise juntar mis matas de pelo para ponerlas en su memoria, para decirles que los entendía y que estaba con ellos. Pero no lo hice. A cambio, llevé unas flores que en pocos minutos fueron destrozadas por las ardillas. Es que las ardillas siempre buscan qué comer entre la basura, entre los desechos que dejamos a nuestro paso.

5

Cuando me enteré, me costó creerlo. La noticia nos obligó a salir de nuestras casas, a tener contacto con los otros estudiantes que, en completo aislamiento, llevaban varios días solo dictando clase y escribiendo la tesis. Alessa estaba en el hospital. Había dejado de dar su curso durante una semana, algo muy raro para cualquier estudiante, pero mucho más para ella. Durante los cuatro años que llevábamos en el doctorado, Alessa no había faltado nunca, no se había permitido una mancha en su historial. Ella fue perfecta hasta que sus alumnos se quejaron por su repetida ausencia. No la veían desde el último viernes y, lo peor, recalcaron, era que habían perdido un examen. Los más exaltados reclamaban por su nota, otros hablaban de que una "F" no les permitiría tener "A". Necesitamos la "A" para poder competir, para valer más. Solo dos alumnas se acercaron a preguntar si algo estaba mal. Algo estaba mal, sin duda, pero era mejor no alarmar a los alumnos. No se preocupen, vamos a averiguar, vamos a reemplazar el examen, vamos a ponerles "A" a todos, dijo la coordinadora, nerviosa. Con estos chicos es mejor no meterse en problemas, murmuró. Las secretarias llamaron a Alessa, pero ella no contestó el teléfono. Su número de emergencia era de una de nuestras compañeras que, como todos, llevaba varios días sin ver a nadie porque estaba muy atrasada con su proyecto de tesis. Avisaron al Director de Graduados. La fueron a buscar a su apartamento, pero Alessa tampoco abrió la puerta. Antes de que el Director de Graduados llamara al 911, llegó nuestra compañera y abrió el apartamento con la llave de repuesto. El olor a alcohol emergió desde el interior.

¡Alessa, Alessa!, gritó nuestra compañera mientras ingresaba, pero no obtuvo respuesta.

Un camino de botellas vacías que partía desde la cocina y terminaba en el cuarto llevaba hasta su cuerpo. Botellas vacías de vodka, algunas quebradas con manchas de pintalabios en los picos. Alessa estaba en calzones, con el pelo revuelto, los brazos arañados y el aliento lleno de alcohol. Un hilo de saliva había formado un pequeño charco en el suelo. Nuestra compañera se apresuró a cubrirla, mientras que el Director de Graduados volteó la cara y llamó a una ambulancia. Al escuchar el ruido, Alessa abrió los ojos y alargó la mano buscando una botella de vodka que todavía no estaba vacía. Nuestra compañera estiró el brazo y la puso fuera de su alcance. Alessa balbuceó un insulto y cerró los ojos nuevamente. Era mejor no ver, no escuchar, no sentir.

No podía creerlo, nadie podía creerlo. Nuestra compañera dijo que Alessa ahora estaba bien, pero que la habían dejado unos días en observación. Un médico, una psicóloga y un psiquiatra le hacían pruebas. Alessa no quería hablar: se hacía la que no entendía el idioma. Convenientemente se había olvidado de ese inglés perfecto que nos mostraba cada vez que podía para que entendiéramos que esos seis meses desesperados aprendiendo el idioma antes de dar el TOEFL no habían servido de nada. Era mejor quedarse en silencio, hacerse la sorda, la ignorante. Pero nosotros queríamos escarbar, necesitábamos que nuestra compañera nos diera detalles, saber el chisme completo para poder formular teorías. Nuestra compañera sabía muy poco porque Alessa no se había comunicado con ella durante algunas semanas. Con la tesis cada uno está en lo suyo, se excusó. Entonces comenzamos a especular. Algunos dijeron que seguro el Advisor le había rechazado el primer capítulo. Otros pensaban que quizá se había vuelto loca por leer tanto. Alguien más sugirió que quizá su investigación estaba estancada. No tiene más que decir, murmuró. No tiene nada que decir, alguien contestó y varios asintieron. Alguien mencionó problemas de insomnio por la preocupación de que la beca se iba terminando. Yo dije que quizá Alessa tenía alguna enfermedad que ignorábamos y podía haber empeorado durante los años del doctorado. Y seguimos hablando por casi tres horas. Y en esas tres horas entendí que las conjeturas sobre la hospitalización de Alessa no eran más que confesiones. Que todos pasábamos por lo mismo. Yo no era la única. Confesiones que nunca nos habíamos hecho para no mostrarnos débiles ante el enemigo, para no exponer nuestro lado más vulnerable y no regalarles la manera más fácil de atacarnos. Estaba claro que éramos enemigos. Habíamos estado especulando sobre la hospitalización de Alessa, pero a nadie se le ocurrió sugerir ir a verla. Sentí asco, luego sentí lástima. Quizá no era nuestra culpa, quizá nos habíamos vuelto egoístas para poder sobrevivir, para golpear antes de ser devorados, para no ser unos mediocres. Eso nos habían enseñado y nosotros lo habíamos aprendido muy bien. Alessa también.

Entonces fui al hospital. Alessa se sorprendió al verme. Quiso cubrirse con una almohada, pero le dije que no lo haga. Que a todos nos pasa, que así es. Que también he perdido varios kilos y me han salido estas ojeras que ya no tienen arreglo. Que he envejecido, que estas arrugas y canas no son normales para mi edad. Que el agobio es inevitable porque escribir una tesis no es fácil. Que tengo gastritis y se me cae el pelo. Que muchas veces he tomado tanta cerveza que me he quedado privada en la cama. Para olvidar todo lo que tengo que hacer, para no sentirme estresada, para no sentirme mal con una clase en la que me fue mal. Este sistema es una basura, ¿entiendes? Entonces me callé, pensé que me había expuesto demasiado. Pero ella me miró con los ojos enrojecidos. Un par de lágrimas cayeron en las sábanas, otras encima de esa bata que la clasificaba de enferma o loca. No tenía que explicarme nada, yo entendía. También la perdonaba. Le acerqué un pañuelo, pero no pude contenerme. Y entonces las dos nos abrazamos, y empezamos a llorar sin parar.

DESIERTO

1

Una alumna baja la cabeza. Trata de levantar la mirada para seguir escuchándome, pero sus ojos se desvían y se clavan en su cuaderno. La imagen muestra a unos niños trepados en un tren. Comparten una tortilla que alguien les ha regalado, un pedazo diminuto que frotan constantemente contra el plato de cartón buscando el sabor de la salsa que ya se ha terminado. Los niños son centroamericanos y están cruzando México a bordo de la Bestia. Solos y hambrientos. Quieren llegar a Estados Unidos. Alguien me va a adoptar allá, dicen, alguien me va a ayudar a estudiar o trabajar. Eso los motiva a arriesgar sus vidas. ¿Quién les ha hecho creer que es posible? ¿Por qué piensan que acá van a encontrar solidaridad o compasión?, le pregunto a la clase. Mi alumna se llama Carmen y sigue sin levantar la cabeza. Yo sigo hablando: cuando deciden subir a la Bestia, saben que tendrán que enfrentarse al rigor del clima, el hambre y la sed. El documental muestra a una niña de unos diez años que viaja sola. Más adelante cuentan que desapareció en el camino. Nadie sabe si abusaron sexualmente de ella, si cayó bajo las ruedas de la Bestia o si se ahogó en el río.

La clase termina, los alumnos recogen sus mochilas y salen mientras comentan qué harán el fin de semana. Parece que nada de lo que hemos discutido tiene importancia. Carmen se me acerca. El documental me ha afectado mucho, dice. Luego vuelve a bajar la cabeza. Me acuerdo del desierto, mis padres turnándose para cargarme, la caminata, el calor. Yo recuerdo vagamente, pero recuerdo. Tenía cuatro años, ganas de llorar, y ellos me tapaban la boca para que no hiciera ruido. Y yo, por primera vez en todos los años que tengo enseñando, no sé qué decir. Ha sido muy fuerte ver este documental, dice con la voz entrecortada. Ahora la que baja la cabeza soy yo. Carmen comienza a bajar la escalera y se despide haciéndome adiós con la mano. Yo hago lo mismo. Lo siento mucho, le digo antes de que termine de bajar. No se preocupe, ya se me va a pasar, me responde y se va a paso rápido. Creo que ver ese documental le ha hecho daño. Y no sé qué hacer ni decir para remediarlo.

2

Uno se despierta casi todos los días con el olor a sangre en las fosas nasales. No olor a sangre fresca, sino a carne que has dejado mucho tiempo en un ambiente poco ventilado y que ha comenzado a podrirse. Vivo en un pueblo de Illinois muy pequeño y, por eso, el olor que emana el matadero de cerdos es constante. Veinte cuadras de sur a norte, quince o dieciséis de este a oeste. El matadero está en la carretera hacia Iowa, pero el olor se esparce por todo el pueblo. Durante la orientación de mi primer año otra profesora nueva no dejaba de quejarse del hedor. Y del ruido de los trenes. Y de que no podía encontrar buenas *donuts* en ninguna parte. Pensé que era una estupidez quejarse por problemas tan insignificantes. Hoy, unos años después, me pasa lo mismo: casi no soporto vivir en este pueblo desolado. No hay nada, les cuento a mis amigas y a mi familia. Solo dos restaurantes de comida rápida y el *college*. Un Walgreens y un supermercado. No se ve ni una persona caminando y casi no pasan carros por la calle principal. Mi sueño americano pasó de una universidad de prestigio a un *college* minúsculo donde los alumnos no muestran ningún interés en nada y no se sienten conmovidos por nada de los que se les dice. No es su culpa. Muchos ni siquiera han salido de este pueblo y les cuesta imaginar que existe algo más allá de los campos de maíz que los rodean. Aquí nadie te entiende cuando hablas y debes repetir la misma frase varias veces porque tu inglés no es perfecto, no es gringo, no es del *Midwest*. Tu inglés es hispano, tu inglés tiene un acento que nunca han escuchado, tu inglés es poco funcional para un pueblo donde la gente solo habla con los que se le parecen y mira a los demás con incomodidad y desconfianza. Con *uneasiness*, esa es la palabra adecuada, tan gringa que ni siquiera tiene traducción exacta al español. Y luego, siempre, inevitablemente, te dicen *you have an accent*, y después preguntan *where are you from?* Y yo respondo *Peru, the country, not Peru, Illinois*, aclaración necesaria porque existe un Peru en Illinois, y hace poco alguien me dijo: *Peru? Ahh Peru, Illinois, that's weird 'cause I don't recognize your accent.*

¿Esto era lo que quería cuando vine a este país? Hay alumnos excepcionales como Carmen. Pero Carmen es hispana, Carmen nació en México, Carmen es indocumentada. El sueño americano de Carmen no era de ella, sino de sus padres que vinieron a Estados Unidos en busca de lo que todos los migrantes creen que van a encontrar: estabilidad económica, un país más justo, un futuro mejor. Un país donde las cosas funcionan bien. Cuando te das cuenta de que todo funciona como en cualquier otro país, ya es muy tarde. Acá no puedes hacer nada si no tienes contactos. Acá se piensa que si te esfuerzas, serás capaz de tener éxito. No es verdad. He conocido exalumnos que dan clases de gimnasia en la YMCA, que decidieron abrir licorerías o que son meseros en algún bar del pueblo. Carmen estudia Psicología. Es mi *advisee* y siempre le digo que trate de hacer relaciones para que pueda tener más posibilidades de trabajo. Pero ella es tímida y sé que le cuesta siquiera intentarlo. Igual que a mí hasta ahora. Quizá por eso no pude conseguir un trabajo mejor. Quisiera ser una guía para Carmen, pero es ridículo pensar que puedo serlo cuando no supe cómo orientar mi carrera. Carmen siempre ha sido especial porque fue la primera alumna que quiso trabajar conmigo, la primera que confió en mí y me contó que no tenía papeles. Y que tenía miedo. Por eso no puede estudiar. Cuando crees que la vida a la que te has acostumbrado se puede terminar, solo piensas en eso. Te duermes, si es que puedes, pensando en eso. Te despiertas pensando en eso. Además, Carmen dice que en este *college* todos son racistas. Que muchos hacen comentarios fuera de lugar contra las minorías. También cree que si pide ayuda a alguna de las profesoras se la van a negar porque nadie logra entender que los alumnos puedan tener problemas más graves que sacar una D en un curso. Por ejemplo, enfrentar una deportación. No es su realidad, no les importa. Yo no sé si el próximo año voy a estar acá, se acaba mi DACA y me pueden deportar, comenta en voz baja a pesar de que la puerta de mi oficina está cerrada. Porque Carmen tiene miedo de que alguien la escuche y corra la voz de que es ilegal. Tranquila, le digo, acá no puede pasar nada, el campus se ha declarado santuario y nadie puede denunciarte. Seguro te van a extender el permiso para que puedas continuar aquí legalmente. Pero esas palabras no van a producir ningún efecto ante la angustia y el temor. Mis problemas no son nada al lado de los suyos. Le digo a Carmen que yo tampoco quiero irme. Porque al igual que ella no tengo adónde volver, no tengo una casa ni una familia a la que pueda regresar. Todo lo que tengo está acá, en este pueblo. También me aterra la idea de que alguien me persiga para obligarme a regresar donde no quiero volver. Mi *advisor* anterior tiene un *sticker* de Trump en su *bumper*, dice Carmen. No me extraña, respondo, hay tres autos con el mismo *sticker* en el estacionamiento donde yo parqueo mi carro. Tranquila, haz lo que tienes que hacer para pasar y todo va a estar bien, le digo de nuevo. No sé qué más decir.

3

Carmen dio una alocución en la ceremonia religiosa que ofrece el *college* todos los lunes. Fui a verla para darle apoyo porque en una de nuestras conversaciones me contó que estaba dispuesta a decir la verdad sobre la discriminación que siente. Le dije que tuviera cuidado. No se puede decir lo que uno piensa sin pagar un precio. Esa creencia también se derrumba cuando te das cuenta de que en este país, como en todas partes, solo puedes salir adelante si estás bien con quien debes estar bien y no dices nada incómodo. A nadie le gusta la gente que trae problemas. Pero Carmen está cansada de callar. Y ese día, frente a una gran parte de los profesores del *college*, habló de los latinos e hispanos que no tienen voz. Habló del abandono que sienten cuando saben que no tienen a quién recurrir cuando son observados por otros alumnos, profesores, autoridades o la migra. Habló de la necesidad de buscar espacios donde las minorías puedan sentirse seguras porque los *safe spaces* no son más que una mentira para que las instituciones se crean inclusivas. Aquí no hay *safe spaces*. ¿Cómo sé que alguno de ustedes no me va a denunciar? ¿Cómo puedo sentirme segura en clase cuando tengo en la cabeza que muchos de ustedes no querrían que estuviera aquí?, dijo Carmen, y yo estaba orgullosa y nerviosa a la vez porque sus palabras no iban a pasar desapercibidas. Hay mucho racismo, continuó. Ni siquiera es necesario que hagan comentarios desatinados. Basta con la mirada o cómo nos hablan sintiéndose superiores porque creen que nos están haciendo un favor al aceptarnos en su país. Basta ya, gritó ante la incomodidad de la capellán. Se iba a meter en un problema por haber permitido que Carmen tomara el micrófono. Cuando terminó de hablar, la capellán no celebró su discurso, sino que le agradeció en voz casi inaudible y alzó las manos para rezar el padrenuestro. Y yo, motivada por las palabras incendiarias de Carmen, comencé a rezar en español. Desde que llegué a este pueblo siento que hablar en español es un acto de rebeldía. Es poner a los norteamericanos un poco más incómodos. Es molestar un poco a una sociedad acostumbrada a decir *What a great thing you said* o *Thank you for the fantastic talk you just gave,* justo antes de lanzar una serie de comentarios con los que queda claro que todo lo que dijiste les pareció equivocado o fuera de lugar. Estaba segura de que eso iba a pasarle a Carmen cuando la ceremonia concluyera. Estaba segura también de que iba a recibir un *complaint* por parte del decano o del presidente del *college*, sino algo más grave.

Antes de iniciar su discurso sobre los migrantes, Carmen habló sobre la celebración del Día de los Muertos. Y de su familia. De cómo su madre llora cada año frente a la imagen del abuelo, a quien no pudo acompañar cuando murió porque los indocumentados no pueden salir del país. La madre prende velas, ofrece pan y brinda con tequila para que el abuelo muerto la perdone. Era por el futuro de Carmen, dice su madre, era por buscar algo mejor. Pero ese algo mejor ahora se ha transformado en un estado de alerta permanente que no deja vivir tranquila a Carmen. Sus padres decidieron por ella y, al final, le dieron ese futuro incierto y lleno de temor. Yo no puedo hablar de mi propia familia, o quizá puedo hablar demasiado. Mi madre sigue creyendo que puede controlarme. A mi padre lo quería muchísimo, pero al margen de hacerme reír, nunca pude hablar con él sobre problemas serios. Ahora mi papá ya no está y mi mamá sigue siendo la misma a pesar de que asegura que ha cambiado. Ya no estoy en edad de echarles la culpa de mis problemas, pero sí lamento no tener a dónde volver o a quién recurrir cuando las cosas van mal. Y las cosas han ido mal desde hace algunos años porque es difícil vivir en un ambiente hostil para quienes somos diferentes. ¿Quién inventó la mentira de que se venía a Estados Unidos para estar mejor? ¿Cómo es posible suponer que estar aquí es mejor que quedarse en el país al que perteneces? Sé que en el Perú no existe nada para mí, ni nadie a quien pueda recurrir. Sé que, por lo menos, puedo escoger quedarme aquí. Me he convencido de que acá estoy mejor de lo que estaría allá. Supongo que Carmen piensa algo parecido. Qué acá está bien, que no tiene dónde ir ni dónde volver. Que ni siquiera debería pensar en volver porque ella nació en México, pero lo recuerda poco y ha hecho toda su vida en Estados Unidos. Ella es de acá tanto como cualquiera que ha nacido en este territorio. Ella ya no puede escapar de este destino que le dieron sus padres, de esa decisión que ellos tomaron por ella sin consultarle. Y, aunque su situación es incomparablemente peor que la mía, quizá tengamos en común esa sensación de que somos incapaces de volver a comenzar. Y tenemos que seguir, yo viendo cómo los días se pasan tratando de conservar esta vida que no esperaba, ella intentando mantener la esperanza de que todo se va a arreglar. Angustiadas, tristes, cansadas. Enfrentando los días en que todo se pone peor, en que Carmen piensa que no vale la pena esforzarse porque seguro mañana, pasado, el próximo mes o el próximo año ya no va a estar aquí, sino en un avión rumbo a un país que casi no recuerda. Que no es más que un lugar brumoso, oscuro, repleto de referencias intangibles que sus padres han mencionado a lo largo su vida. Esos mismos padres que la trajeron cargada por el desierto sin que ella lo pidiera. Pero, a pesar de todo, la alocución es una prueba de que no se ha rendido. Cuando termina la ceremonia, me acerco a ella y la abrazo. Como siempre con ella las palabras no existen.

4

Nada ha cambiado. Yo sigo igual, Carmen también. Creo que este semestre sus notas fueron bajas. Para mí también ha sido difícil porque tuve dos clases muy malas. Tampoco pude avanzar mi investigación porque todo me parece inútil. Carmen vino el último día de clases a despedirse de mí, siempre con el miedo de que el próximo semestre no va a regresar. Nos vemos en enero, le digo, pensando que sí volverá, que se graduará, que algún día hará suyo ese destino que no decidió cuando tenía cuatro años. El desierto y el olor a sangre del matadero están ahí, siempre estarán ahí como una prueba irrefutable de que hay momentos en que se toman decisiones, o las toman por nosotros, y eso lo cambia todo. Y que otras posibilidades se dejan de lado y es imposible recuperarlas. Carmen lo descubrió a los cuatro años, yo cerca de los cuarenta. Y seguimos, yo esperando volver a verla, ella esperando volver y quedarse. Quedarse y vivir tranquila. Encontrar el lugar al que se pertenece si es que existe. En eso también nos parecemos.

LA MUERTE TENÍA
NUESTROS DEDOS

1

Miraba mis dedos, que a partir de ese momento debían seguir órdenes. Obedecer y ejecutar. Dedos largos, huesudos, que doblaba y estiraba, tocaban el bolsillo del uniforme donde antes se guardaba el papel blanco con las indicaciones. "Indicaciones": así estaba escrito al inicio de la hoja. Eran una, dos, diez indicaciones que hablaban de cuotas que debían cumplirse. Trataban de convencernos de que nuestro trabajo era esencial para el desarrollo de la comunidad. Pero nosotros sabíamos muy poco. Mis dedos temblaron al leer la breve descripción de un pueblo de nombre impronunciable, perdido u olvidado, con calles de tierra y casas cayéndose a pedazos. Repetía su nombre con la lengua trabada y los dedos cada vez más temblorosos. El siguiente punto advertía que el idioma sería un problema. Habíamos estudiado las frases esenciales, algunas amables, la mayoría imperativas. Debíamos convencer a los pobladores en un idioma que no era el nuestro. Engañar, pensé. Confundir, asustar, cumplir la cuota. Quizá no sería tan difícil, la imposibilidad de comunicación nos podría ayudar a intervenir sin necesidad de explicar. Mis dedos se contrajeron formando un puño. Sentí asco.

La posta, de acuerdo a la descripción, tenía tres habitaciones: sala de espera, tópico/consultorio y sala quirúrgica. Imaginé mis dedos recorriendo las paredes manchadas de sangre, saliva, orina. Sentí náuseas y miedo. No quería ir a ese lugar. Veía dedos ajenos temblando, huellas dactilares en la pintura, tijeras, escarpelos oxidados. Veía a mis compañeros con el mismo papel entre las manos, uniformados, formando una fila. Éramos todos iguales, con el mismo temblor en las manos, caras sin facciones definidas, lo que nos asemejaba unos a otros. Está bien ir, vamos a cumplir con lo que tenemos que hacer, dijo alguien con voz nerviosa. Doblé los dedos una vez más. Instintivamente, rozaron el papel de mi bolsillo. Querían romperlo, pero los contuve cuando se comenzaron a doblar formando una garra. Logré estirarlos con dolor.

Subimos a la camioneta y el superior nos indicó que sacáramos las indicaciones. Repitió lo que decía. Doctores, enfermeras, atención. Repasé lo mismo que había leído tantas veces. El pueblo pequeño, alejado, casi no tenía niños. El cólera se los había llevado, estaban enterrados bajo tierra, en cajones pequeños y sin adornos. Era lamentable, decía el papel, pero hay que seguir adelante. Debemos protegerlos. De la pobreza, de la sobrepoblación. La posta era nuestro "centro de control", donde debíamos examinar a las mujeres y aplicar la solución. Había demasiados niños, entienden, no se les pudo curar a todos. No se les pudo enterrar siquiera, murmuró el superior. Es por el bien de ellos. Entonces repitió lo de las cuotas y sentí que mis dedos querían arrugar el papel. Algunos de los doctores y enfermeras asintieron, quizá yo también. Mis dedos serían capaces de que las cosas ahora fueran más equitativas. Progreso, señores, escuché, desarrollo, sostenibilidad. Las cuotas eran importantes o esos dedos no servirían más a los propósitos de la nación. La camioneta arrancó y mis dedos comenzaron a relajarse.

2

Vi ojos asustados. Recelo y miedo, ojeras que nos acosaban mientras bajábamos las maletas y el material. Estamos aquí para ayudarlos, le dije a una mujer que no me entendió y ocultó a un niño pequeño entre su ropa. Entonces el superior comenzó a hablar en nuestro idioma y un poblador iba traduciendo. Habrá una fiesta mañana, nos informaron. Una fiesta con comida, baile, regalos. Hemos traído canastas familiares, pero tienen que firmar el documento. Firmar qué documento, le pregunté a una compañera dándole un codazo en las costillas. No lo sabíamos, ese otro papel nos llegaría al día siguiente, con el número de personas que debíamos reclutar para cumplir la cuota mensual. A mí me tocaron veinticinco. Veinticinco mujeres en edad reproductiva. Sanas, con los pómulos enrojecidos por el frío, salidos por la delgadez. Pero estaban sanas, eso lo puedo asegurar. Veinticinco mujeres que bailaban comían y bebían de manera frenética. Nunca ha habido una fiesta así, dijo el superior cuando me vio inmóvil, con los documentos que debían firmar sostenidos por mis dedos temblorosos. Vamos, anda, me dijo. Será muy fácil, para eso son estas fiestas. Un animador decía en su idioma palabras que no podía entender. Señaló las canastas. Unas mujeres que tenían copia del documento firmado se acercaron y recibieron una canasta. Sus pómulos se levantaban cuando sonreían, se veían aún más pronunciados y miserables. Una bolsa de arroz grande, seis tarros de leche, menestras, azúcar, latas de conservas de la marca más barata. Algunas mujeres, reconociendo mi uniforme, se acercaron para pedirme el papel. Estaban desesperadas y por eso querían firmar lo más pronto posible. Temían que las canastas no alcanzaran y tuvieran que ser dividas. Todas necesitaban el arroz, las conservas, la leche. Los niños que quedaban lloraban mucho, siempre por hambre. Los que murieron no lloraban, pero también se fueron con el estómago vacío. Huesos y tripas en cajoncitos pequeños, enterrados bajo esa tierra que recibía los pasos de baile, la espuma de la cerveza, el vómito de quienes caían en la embriaguez. Ocho mujeres firmaron y recibieron la canasta.

A las otras diecisiete las convencí más tarde. Aproveché su falta de entendimiento, producido por el idioma, y el adormecimiento por el alcohol. Les hacía señas con esos dedos que ahora reclutaban y convencían. Señalaba la línea punteada. Algunas solo ponían una inicial o una equis. Escribir era un lujo que pocas habían adquirido. Yo apuntaba lo que entendía de sus nombres, a veces pedía el documento de identidad para asegurarme. Ellas se llevaban la copia para recoger la canasta, esa copia que decía muy poco de lo que íbamos a hacer. Se autorizaba una revisión y la aceptación del método anticonceptivo recomendado por el médico. El papel determinaba la suerte de esas mujeres sanas y ponía sus cuerpos a mi disposición. Sentí un dolor intenso en el estómago. Lo atribuí a la cerveza y continué reclutando mujeres. Después de algunas arcadas, vomité bilis detrás de uno de los parlantes que repetía constantemente las mismas palabras para convencer a las mujeres de que debían firmar. Sentí repulsión y más náuseas. Esa voz estaba tratando de convencerme a mí también de que lo que hacíamos era lo correcto.

Veinticinco autorizaciones firmadas fácilmente, sin problemas. Me sentí orgullosa. Los ojos asustados que había visto el día anterior ahora estaban nublados, algunos cerrados. A algunas tuve que ayudarlas a sostener el lapicero para que firmen. Pero lo hicieron y yo me sentía orgullosa. Mis dedos intentaron rebelarse otra vez queriendo romper esas veinticinco autorizaciones que había conseguido. Felizmente estaban entumecidos por el frío. Inmóviles, sosteniendo las autorizaciones con desconfianza. Me senté y miré con orgullo la documentación firmada. Una compañera vino gritando que la cuota estaba cumplida. Me alcanzó un vaso de cerveza y ambas brindamos sosteniendo el líquido con esas manos que cumplían una misión, con esos dedos manchados de tinta. Dedos sucios y orgullosos.

3

Los siguientes días fueron de trabajo. Temprano, con las autorizaciones, íbamos a buscar a las mujeres. Las sacábamos de sus casas jalándolas del brazo. No sabían qué queríamos. A algunas tuve que amenazarlas. Les dije que iba a quitarles los víveres de la canasta y se los iba a dar a personas que sí colaboraran. Ellas se resistían, confundidas, y solo reaccionaban cuando comenzaba a llevarme sus cosas. Negaban con la cabeza, agitaban los brazos. Luego caminaban hacia la posta, con pasos lentos, desconfiados. Aunque me temían, no querían perder esa canasta que iba a aliviar por uno o dos meses esas tripas que no dejaban de sonar.

El primer día yo les hacía preguntas con ayuda del intérprete. Abre las piernas, decía. No querían. Dígale que es para revisarla, para ver si está bien. Se tapaban la cara avergonzadas, gemían de dolor cuando introducía mis dedos o el ecógrafo. Dejé ir a tres con una caja de pastillas anticonceptivas y les expliqué con la ayuda del intérprete cómo debían tomarlas. Después el superior entró al tópico/consultorio. ¿Las has programado?, preguntó. Tienes que operar. Cortar, ligar. No toman las pastillas, las pierden. Se van a llenar de hijos otra vez. Pensé que no se podía operar en esa posta con las paredes sucias, llenas de marcas de dedos antiguos y fluidos que no habían sido desinfectados. Pensé que iba a ser muy difícil explicar el procedimiento, todo era muy difícil porque no hablábamos su idioma. El superior dijo que ya teníamos las autorizaciones y que las explicaciones sobraban. Procede. Tienes cuotas que cumplir. Y se fue. Esto no está bien, pensé mientras mis manos se tensaban. Doctora, es por su bien, escuché. Es por su bien, es por su bien, es por su bien. Era cierto: mis dedos estaban haciendo lo correcto, las mujeres me iban a agradecer. No existirían más niños con hambre, más que murieran por la peste. Qué alegría tan grande, qué vocación de servicio tan pura.

Entonces fui a buscar a esas tres mujeres que se habían ido. Les hice señas para que vuelvan y las programé para la tarde. Compré desinfectante para limpiar las paredes del quirófano, ese suelo percudido que me costó dejar presentable. Refregaba manchas y manchas que parecían no querer salir nunca. La enfermera desnudó a la primera mujer. Yo le quité la mirada porque no soportaba sus ojos. Esos ojos de terror y vergüenza. La recostaron en una camilla. Quise acariciarle la frente, pero me contuve. Tenía que proceder, pensar que esa mujer no era más que un cuerpo cubierto por una bata sucia que debía sumar a mi cuota. Un cuerpo a quien debía hacerle el bien. Ingresamos a la sala quirúrgica. Tuve que limpiar mis dedos solo con alcohol, reusar unos guantes y una mascarilla que me dijeron ya estaban limpios. La enfermera ayudó a la mujer a pasar a la mesa de operaciones. Luego la durmió sin intentar entender lo que la mujer decía. Entonces me pasó un escarpelo viejo y unas tijeras. El primer corte que hice definitivamente dejaría una cicatriz. La luz no era suficiente y no tenía precisión. Mi nariz sentía el olor del desinfectante, de la sangre, del polvo que todavía flotaba por la habitación. Me sentí mareada. Me era muy difícil encontrar con la vista los órganos que debía mutilar. Entonces metí mis manos en ese agujero de carne y fluidos. Y corté, volví a unir, cosí. La enfermera le colocaba más anestesia a la mujer que se quejaba levemente y contraía la cara. Luché con su cuerpo cerca de dos horas. Se me escapaban las trompas, se cerraba la piel queriendo tragarse mis dedos. Yo debía conquistar ese cuerpo para lograr mi objetivo. Terminé cansada, con la frente sudorosa y los músculos de los dedos latiendo. Mis ojos confundían la carne con la tela. Cosí la piel como pude, dejando un surco profundo que podía infectarse en cualquier momento. Sacaron ese cuerpo y entró otro y otro más. El superior dice que hoy debemos operar a cinco, dijo la enfermera. Debía continuar. Limpié los guantes con alcohol, mi frente con la manga de la camisa. La enfermera durmió a otro cuerpo y comencé. Los cuerpos se resistían a mi escarpelo, los órganos se escondían detrás de otros y se me resbalaban entre los dedos. Era una pelea que yo debía controlar, pero no fue fácil. Intervine los cinco cuerpos que me asignaron, cuerpos que fueron almacenados en el suelo del tópico/consultorio sobre una colcha vieja. Ese día sonreí porque había triunfado. Ese pueblo de tierra no tendría más niños huesudos con los pómulos salidos.

Al día siguiente, me dijeron que la primera mujer había muerto por una infección generalizada, pero que no me preocupe, esas cosas pasan. Debía continuar, la cuota era lo importante. Entonces imaginé ese cuerpo que aún latía luchando contra mí en la mesa de operaciones antes de que yo lo dejara marcado con un surco sanguinolento. Ahora lo velaban en un cajón rústico, sin más decoraciones que una cruz mal pintada. Habían muerto también otras dos mujeres, que atendieron por mis colegas. Sus cuerpos dentro del cajón eran lastimados por astillas de una madera sin lijar. Tres cuerpos nuevos para un cementerio ya copado por los muertos de la peste. Sentí ganas de llorar, pero la enfermera me jaló del brazo. Debíamos comenzar con las intervenciones porque si no nos íbamos a atrasar.

4

Los pobladores comenzaron a sospechar de nuestras actividades. Querían volver a engendrar, se desesperaban, nos reclamaban. No era coincidencia: desde que comenzamos a cumplir con las cuotas asignadas, muy pocas mujeres habían logrado concebir. Solo lo conseguían aquellas que no quisieron firmar a pesar de que les ofrecimos canastas y dinero. Como recurso desesperado, les dijimos que irían presas. Se mantuvieron escondidas hasta que sus vientres lucían abultados. Se atendían en la posta burlándose de nuestros procedimientos.

No nos íbamos a librar del castigo, lo supe cuando el intérprete me contó lo que había pasado. Cada día una de las mujeres operadas salía de su casa con un atado de ropa. Caminaba llorosa, recibiendo gritos que intuí eran insultos. Lo son, me dijo el intérprete. Le están diciendo que le han sacado las tripas para que pueda acostarse con otros hombres. Ya lo sabían, el intérprete se los había dicho. Operación, cicatrices, infertilidad. Han cortado algo, cosido, yo he visto. Mi cabeza negaba mientras que mis dedos temblaban sin parar. Esas mujeres sanas ahora eran consideradas cuerpos incompletos, inválidos, cadáveres que caminaban con el atado de ropa y algunos víveres de la canasta que les habíamos dado a cambio de manipular sus cuerpos. Miraban con recelo hacia la posta y caminaban en dirección a un corralón abandonado, donde se mezclaban entre basura y excremento de animales. Ahí se habían reunido esos cuerpos llenos de cicatrices mal cosidas. Prendían una fogata para combatir el frío y lamentar juntas la desgracia que había traído el plan de desarrollo.

Los hombres que pasaban por ahí las insultaban, les tiraban restos de comida. Ellas lloraban y gritaban. Sé que sentían que les habíamos quitado una función vital, pero las autorizaciones contaban una historia diferente: esterilizar para liberar, esterilizar para controlar el crecimiento de la población, esterilizar para eliminar a los grupos atrasados. Pero los hombres del pueblo no lo entienden, querían seguir procreando, trabajando una tierra estéril que no producía nada, arreando vacas que parecen esqueletos. No entienden y por eso las insultan. No entienden que ejercieron su libertad de elección. Le dije al intérprete que me lleve frente a ellos para explicarles, pero se negó. Deberían irse, sugirió. No nos fuimos, todavía no habíamos cumplido la cuota. Unos días después el intérprete apareció muerto. Dejó una carta donde pedía perdón al pueblo. No sabía, no entendía, creía que era por el bien de la comunidad. Sabía que las iban a operar, no sabía las consecuencias. Sin embargo, ahí estaba en el fondo de una quebrada, el cuerpo reventado. Las rocas a su alrededor, manchadas de un rojo intenso. Dejaron el cuerpo ahí porque no había equipo para sacarlo, tampoco espacio en el cementerio. Un hombre puso una cruz al filo del lugar desde donde había saltado. Sus ojos inmensos nos miraron por largo rato. Entonces supe que no nos íbamos a librar. El odio que quema y perfora ya no se va nunca.

Nos despertamos al escuchar los cantos. Rodeaban la casa donde estábamos alojados. Yo solo veía cuerpos llenos de cicatrices, heridas sangrantes, voces que penetraban en mis oídos y no podía entender. Me encerré en un baño intentando no hacer ruido. Ahora era una cobarde, ahora mis escarpelos y mi poder no servirían de nada. Varias mujeres golpearon mi puerta con violencia, yo salté a la ducha y me quedé arrodillada en un rincón. Mis dedos comenzaron a rasgar las mayólicas, mis dientes se apretaron tanto que me dolía la mandíbula. Escuchaba a mis compañeros insultarlas. Una mujer logró abrir mi puerta, me miró con la cara rígida. Comencé a levantarme lentamente, las manos en alto en señal de rendición. Solo susurré que podía arreglarlas, que mis dedos eran carne privilegiada que podía remediar cualquier error. La mujer de la cara rígida me miró nuevamente y me tiró una cachetada. Luego me empujó hacía la calle e hizo que me arrodillara en el suelo de tierra. A mi lado, mis otros colegas se mantenían en la misma posición.

Ahora estamos con la cabeza sobre la tierra, las pantorrillas acalambradas, sedientos. El mal incubado entre mis dedos se refleja en sus ojos con ansias de justicia. Me sentí asqueada de haber llegado a ser la persona en la que me había convertido. De tener los dedos manchados de su sangre, esa sangre que todavía secretaban las cicatrices mal cosidas del día anterior. Comencé a pedir perdón a gritos. Quería que me corten esos dedos, que me lancen por la quebrada junto al cuerpo del intérprete. Mis colegas intentaron callarme, temerosos de que los pobladores decidieran cumplir mis deseos. Pero yo quería tomar el escarpelo y torturarme, sufrir, abrirme el vientre y arrancar aquellos órganos que me hacían fértil. Las mujeres nos enseñaron sus cicatrices, las marcas de su invalidez. Y con un cuchillo afilado comenzaron a marcarnos en la palma de la mano uno por uno. Un tajo profundo que dejaba caer gotas de sangre sobre la tierra. Una cicatriz por otra, una cicatriz no solo para recordar que nosotros y el sistema estaban equivocados, sino para exiliarnos y convertirnos en personas improductivas como ellas. A partir de ese momento todos nos reconocerían. Somos los médicos que esterilizaron a las mujeres hace veinte, treinta, cuarenta años, los que nunca más podrán usar sus dedos para hacer el bien. Los marcados, los que se deben repudiar, los que tienen que pagar con cárcel y vergüenza. Ordenaron que nos fuéramos. Salimos sin recoger nuestras cosas, con una venda sucia cubriendo la herida que no dejaba de sangrar.

DÍA DE SALIDA

1

Hoy es viernes, día de salida. Me levanto, me cambio, me lavo la cara y me recojo el pelo en una cola. Luego salgo del cuarto. Ella está esperándome con la lista de víveres, el celular, las llaves y el dinero exacto. Sabe cuánto gastamos todas las semanas en el supermercado, no se necesita más. Ella saca los tres candados que resguardan la puerta antes de abrirla. No son los únicos: cada puerta o ventana está asegurada para evitar que alguien, sabiendo que adentro hay dos mujeres solas, entre a robar. Su miedo es enfermizo, como todo en ella lo es. Ahora se acerca para despedirse y darme su bendición, pero yo la rechazo instintivamente.

-No te demores.

No demoraré, no puedo. Ella controla el tiempo que debo estar fuera. Entre una hora y media y dos, no más. Si los minutos se dilatan, comenzará a llamarme sin parar. No soporto la vibración del celular ni sus preguntas de siempre: *¿Dónde estás? ¿Por qué te demoras? ¿No te parece mal dejarme sola tanto tiempo?* Salgo.

Todos los viernes, cuando ella cierra la puerta y yo después de siete días respiro el aire exterior, revivo la idea de no regresar. Para cualquiera sería fácil robar el dinero de la semana, abandonar el celular y huir. Pero para mí no lo es: a medida que avanzo, siento que su presencia se vuelve abrumadora y me acosa, sin importar cuán lejos de casa esté. Imagino la huída: comenzaría a correr, buscando desesperadamente perderme antes de que ella consiga darme caza. Pero sé que es imposible: ella tiene la capacidad de invadir todos los espacios de la ciudad donde me encuentre. Media vuelta y a comenzar de nuevo, a caminar sobresaltada, escondida, nerviosa, contando los billetes sin poder soportar sus ojos vigilantes y su voz repitiendo *eres una desgraciada, mala hija, dejas a tu madre sola y sin comer sabiendo que es una mujer enferma, mala hija,* en un eco sin final que me haría sentir culpable y terminaría partiendo mi cuerpo en unos pedazos que ella recogería para armarlos a su antojo y depositarlos, bajo custodia de un nuevo candado, en esa casa ultra segura que sólo abre sus puertas cuando su voluntad lo cree necesario.

Abandono la idea de la huída y entro al supermercado. Comienzo a comprar los víveres mirando el reloj, paso por la sección de limpieza siempre observando la pantalla del celular (no vaya a ser que haya llamado) y me detengo ante la licorería para hacer cálculos y ver si esta semana puedo comprar una botella de su vino favorito sólo para molestarla y que sienta tanto como yo el peso de la tonelada de pastillas para los nervios con las que se droga y no le permiten tomar alcohol. Pero desisto, dejo el vino en la caja y pago lo demás. No voy a recibir vuelto.

¿Desea donar sus centavitos?

-No.

No, déjeme los centavitos para sentir que tengo dinero y que es suficiente para huir, cambiar de ciudad, de identidad y así evitar que ella me encuentre. La ansiedad por enfrentar ese otro lado desconocido crece. Cuento: uno, dos, tres, cuatro, cinco, seis… seis centavos. Los meteré en mi latita. Ojalá hubieran inventado estas moneditas hace veinticinco años, cuando todo esto empezó. Quizá ahora ya tendría suficientes. Las meto al bolsillo y regreso a la casa empujando el carrito con las bolsas. Quiero que el camino se haga más largo para no llegar, pero mis pies aceleran el paso porque saben que el celular puede comenzar a vibrar. Ella me está esperando: sus ojos colgados de la ventana, el teléfono en la mano. Abro la puerta, descargo las bolsas. Ella pasa los candados por sus aldabas. Me quita la llave y yo subo a mi cuarto. Cierro la puerta para no escuchar sus quejas. Lo último que logro entender es la palabra *malagradecida* que sobresale cada vez que pronuncia mi nombre.

2

Quise sacar el espejo de mi cuarto, pero ella no me lo permitió. Le di mis razones, pero como no quiso escucharme, decidí romperlo. Su desesperación la llevó a hacer una de sus escenas habituales. Sin embargo, por primera vez dio patadas contra la puerta y buscó que alguna de las llaves de su manojo pudiera violar mi cerradura. Pero sabía que era inútil, que yo había logrado quitarle la única copia de la llave de mi cuarto el día que decidí refugiarme en él. Era lo mejor: encerrarme dentro del cuarto para verla lo menos posible.

La puerta parecía no soportar más golpes. Jalé la cómoda y bloqueé la entrada. Luego me miré en uno de los pedazos de espejo y redescubrí los cambios que había sufrido mi cuerpo. Estaba cansada de ver las arrugas que atravesaban mi cara, la piel caída, las canas que asomaban cada vez en mayor cantidad, los vellos encima del labio, las cejas ahora varoniles. Mis razones eran válidas, se lo repetí hasta el cansancio. Volví a correr la cómoda, abrí la puerta y le tiré los pedazos de espejo a sus pies.

-Lárgate.

-Pero hijita…

Volví a encerrarme. Al otro lado de la puerta, ella empezó a hablar en tono conciliador. Últimamente no lo hacía porque sabía que yo no iba a responderle. Con los años desarrollé la capacidad de no prestarle atención. Sin embargo, ella, con su mente siempre activa buscando la manera adecuada de hacerme daño, había inventado un sistema de torturarme incluso en el único espacio donde podía evitarla. Pasaba diariamente papelitos donde se encargaba de comunicarme lo que yo no quería escuchar. Finalizaba siempre de la misma manera:

Que Dios te ablande el corazón, hija mía, para que salgas de ese cuarto y vuelvas a estar al lado de tu madre. Tú sabes que eres lo único que tengo, que eres mi única familia. No me puedes dejar sola porque podría pasarme algo, podría morirme. Yo sé que tú no eres mala como tu hermano, yo sé que tú no harías lo que él hizo. No me trates así, encuentra un poco de comprensión para tu madre. Me muero por abrazarte y que me abraces. Lo necesito, hijita. No puedo estar sola. Ruego a Dios que te ablande el corazón. Te quiero mucho.

Tenía que leer cada papelito que pasaba por debajo de mi puerta porque temía que efectivamente hiciera algo, que ese papel fuera una carta de despedida y yo terminara cargando con la culpa. Ella no era una persona normal. Siempre había estado mal de los nervios. Por eso mi papá y mi hermano la habían dejado. Yo también lo hubiera hecho, pero no pude. Ella restringió mis salidas y tomó todas las decisiones sobre mi futuro. Me hizo sentir culpable de sus errores, y finalmente impuso que me quede a su lado para cuidarla, diciendo que yo se lo debía en recompensa a tantos sacrificios que ella había hecho. Además, desde joven comenzó a actuar como si fuera una inválida, siempre con la excusa de sus nervios. Conseguía receta tras receta

de ansiolíticos, antidepresivos y pastillas para problemas
neurológicos, todo para convencerme de que estaba enferma
y que no podía valerse por sí misma. Lo logró, y por eso sigo
acá. Pero no pienso salir del cuarto. Abrazarla me produciría
repugnancia, odio. El odio es el único sentimiento que
todavía puedo percibir con claridad.

3

Hay un cristal roto en la ventana de mi cuarto. Al igual que el espejo, lo rompí en uno de esos momentos de angustia que suelo tener con frecuencia. La noche que rompí el cristal, por ejemplo, fue la primera vez que tuve esa pesadilla que ahora se ha vuelto recurrente: la veo saltando por la ventana y estrellándose contra el piso. Luego se presenta la imagen de su cuerpo reventado, e incluso comienza a percibirse el hedor de la carne pudriéndose. Sin embargo, cuando me acerco y me detengo en la expresión de su rostro, me doy cuenta de que una sonrisa satisfecha se dirige a mí.

-Te he malogrado un poco más la vida.

Desperté. Al principio me quedé como apagada, ligeramente adolorida. Miraba el techo sin poder moverme. Luego sentí una angustia desbordante y quise tomar aire porque me estaba asfixiando. Me encontré con la ventana cerrada por un candado. Empecé a dar de puñetazos hasta que rompí uno de los cristales. Entró un poco de aire, pero no me era suficiente. Empecé a inhalar con fuerza como tratando de sacar aire de un respirador artificial. Sirvió. Cuando logré calmarme del todo, agradecí la pesadilla. Ahora tenía ese respirador artificial (que había cubierto con un plástico transparente) cada vez que lo necesitaba, sobre todo los domingos en que ella, una vez más, deslizaba la misma notita adjunta a los avisos clasificados de vivienda:

Mira, hijita, lo caros que están los departamentos. Sería

imposible que te fueras a vivir a otro lugar con lo caros que además se han puesto los servicios. La luz es la peor, ya sabes. Te he marcado algunos para que te convenzas. Te quiero, a ver si sales un ratito.

Resaltados en amarillo, la lista de los departamentos que me eran inaccesibles, la confirmación de que estaba amarrada a ese cuarto, a esa casa, a ella, de por vida. Y en ese momento buscaba el respirador artificial, le quitaba su cubierta y sacaba la nariz. Me sentía aliviada. Pero luego abría los ojos y odiaba esa fuente de aire, la ventana entera, porque en lugar de ampliar mi espacio lo limitaba. Esa ventana era su representación perfecta y por eso el respirador artificial no era suficiente. Y el vértigo, una vez más, me tumbaba en la cama con el periódico al lado y los pulmones completamente vacíos.

4

Ella la golpea y grita. Me doy cuenta de que ha roto la botella de vino que le traje porque el líquido rojo se cuela por debajo de la puerta. Yo me distraigo formando figuras con las manchas que deja el vino en el parquet.

-Desgraciada, tanto me he sacrificado por ustedes para nada. Cuando me muera te vas a dar cuenta de lo mala que has sido con tu madre.

Toco las manchas con la mano, las estiro. El líquido es absorbido por la madera mientras yo recibo sus gritos, sus insultos, sus amenazas. Y las manchitas que se extienden, me envuelven y me protegen porque concentrada en ellas no escucho, no siento, no veo más que su color rojo sobre el parquet. Miro esa figura que se retuerce y que muta, y pido que ella se tranquilice porque si hace algo, yo seré la responsable y la responsabilidad se ocupará de borrar todas estas manchas que ahora me distraen.

-Mala hija.

Ella deja de golpear la puerta. Después escucho que se encierra en su cuarto, que está al lado del mío. Su presencia tan cercana me abruma.

Me levanto y voy a la ventana. El plástico cae y entra el aire helado. Nunca me es suficiente, pero no me quejo. En el respirador artificial se me pasó por la cabeza comenzar a contar. ¿Cuántos años tiene? ¿Cuántos años de vida le quedan? Yo tengo cincuenta, cincuenta y uno, cincuenta y dos, ¿cincuenta y cinco? Entonces ella debe tener ochenta y tres. ¿Cuántos años más tengo que esperar? Desde que cumpliste ochenta, cuento y cuento y no tengo cuándo terminar de contar porque el tiempo se sigue estirando, la espera se prolonga y no hay nada que me indique que vaya a terminar pronto. El respirador no cumple su función y me ahogo y admito que tienes razón en lo de desgraciada, en lo de mala hija, en que no me importas en absoluto porque todos los días deseo que llegue el momento y vuelvo a contar y me agoto y me ahogo y la ventana con el vidrio roto no me sirve de nada.

En eso momento, no me queda más que recurrir al cajón donde están todos los papelitos que pasas por debajo de la puerta. Y saco uno que conservo en un lugar especial, protegido, aislado, marcado, uno que todavía puede darme un futuro a pesar de los ¿cincuenta y seis? años que cada día siento más insoportables:

Hijita, quería conversar contigo, pero no me abres la puerta. Hablé con el abogado y me dijo que probablemente el resto de mi herencia quedará estancada en los procesos judiciales y las deudas de tu abuelo. No me dio esperanza de que ni yo, ni tú, ni tu hermano podamos disfrutar de ese dinero. En fin, no nos falta nada por ahora, pero imagino que el día que me muera, tú podrías quedarte en la calle, ya que ni siquiera terminaste la carrera que escogí para ti y que tanto sacrificio me costó. Como me preocupo por ti, a pesar de que no lo mereces, he

decidido ponerte como beneficiaria de mi seguro de vida. Con
ese dinero algo podrás hacer cuando tu madre te falte. He deja-
do los papeles en la maleta blanca donde guardo los documentos.
Espero que Dios, la virgen y sus ángeles te protejan siempre. No
dejo de rogar también para que se te ablande el corazón y salgas
a ver a tu madre, que está sola en este mundo y solamente te
tiene a ti.

El papelito y yo por un instante cobramos vida, nos
ilusionamos: él por prometer, yo por confiar. De pronto,
escuchamos que ella sale de su cuarto y comienza a golpear
la puerta otra vez. El papelito se me escabulle de las manos
y cae encima de la mancha de vino que está bajo mis pies.
Se ahoga.

-Sal a limpiar, no esperarás que una vieja como yo se
parta la columna haciéndolo.

Abro mi puerta y tomo el trapeador que ella sostiene.
Me pongo de rodillas y recojo los vidrios. Ella supervisa, me
indica lo que debo hacer, me hace cumplir sus órdenes. Yo
limpio, encero, lustro mientras cuento y cuento y cuento…

5

Dos días sin pasarme papelitos por debajo de la puerta era una rareza en ella. Por eso salí, tomando precauciones. Ella podía estar planeando algo para obligarme a salir del cuarto y así dejarme vulnerable ante su presencia sin puerta, ni respirador artificial, ni papelitos de por medio. Sin embargo, no se escuchaba nada, la casa parecía vacía. La busqué por el piso superior, no estaba. Bajé las escaleras y la encontré en la mecedora de la sala, inmóvil. Me acerqué. Todavía tenía un lapicero en la mano. Encima de la mesa de café, había una nota que no había terminado de escribir:

Hijita, estos días no me he estado sintiendo muy bien. No te lo dije antes porque no quería preocuparte, aunque si no fueras como eres e hicieras lo que debes de hacer, ya te habrías dado cuenta. Si este malestar no me pasa mañana, llamaré al doctor. Espero que estés presente cuando venga porque es lo que te corresponde. Sé que no me dejarás sola, que me quieres a pesar de ese carácter tan difícil que tienes. Yo no sé qué te he hecho para que seas así conmigo. En todo caso, espero que si te hice algo, entiendas que siempre fue porque pensé que era lo mejor para ti y por eso sé que no hice mal y no me arrepiento...

La nota terminaba ahí y, aunque hubiera seguido, no habría continuado leyéndola. La tomé y la guardé en mi bolsillo para almacenarla en mi cajón. Luego le tomé el pulso y no pude sentir nada. Tampoco respiraba. El lapicero se dejó caer de su mano para confirmarme lo que yo ya sabía. Había llegado el momento de dejar de contar, de salir, de olvidar. Vi su manojo de llaves. Lo llevaba colgado a la cintura. Me costó moverla para sacarlo. El *rigor mortis* se estaba encargando de continuar la misión que ella había planeado para mí desde el día en que me concibió. Y yo luchando, convirtiéndome en un ave de rapiña que necesitaba sus restos para sobrevivir. Hasta que cedió y yo comencé a ahogarme otra vez, a probar las llaves de los tres candados de la puerta. Y éstas, también conspirando, se resbalaban, se confundían, no coincidían hasta que pude vencerlas y romper los cerrojos con las uñas astilladas, con las manos enrojecidas.

Salí. Respiré hondo y me dejé invadir por los recuerdos para dejarlos ir. Y cuando se fueron me di cuenta de que eran lo único que tenía, que borrarlos significaba quedar vacía. Miré alrededor y no sabía qué hacer, ni a dónde ir, ni por dónde comenzar. Entonces recordé que ella siempre repetía que lo que ocurriera fuera de esta casa a mí no debía importarme. Y yo, cuando todavía era joven, me sentía indignada y quería pegarle, quería callarla y coserle la boca para que dejara de repetirlo. Cuando pasaron los años, ese comentario que antes parecía un aguijonazo dejó de dolerme, dejó de sentirse, dejó de molestarme. Finalmente, ahora me doy cuenta por qué.

CONFESIÓN-EDICIÓN IMPRESA

1

Cuando me propuso publicar el manuscrito, traté de encontrar una imagen que pudiera reconstruir, al menos en parte, lo que yo misma había ocasionado. Encontré mi propia imagen, de adolescente, en la librería donde compré su libro; la de ella al otro lado de la fila donde yo esperaba que firmara mi ejemplar; y la del archivo donde coleccionaba cada artículo que apareciera sobre ella. Pero ahora nada de eso servía. Solo me quedaba el manuscrito y una historia oscura que superó lo que yo estaba buscando.

2

Alessa D. Leguía reunió todas las condiciones para ser un ícono literario-cultural *gay* y lo consiguió. No es difícil encontrar las razones:

Publicó su primer libro a los veinticuatro años, relativamente joven. *Confesión-edición impresa* (1985) no era un libro cualquiera: los ocho relatos se centraban en las relaciones homosexuales entre mujeres. La publicación no solo causó revuelo por el tema, sino porque no existían precedentes lésbicos en la literatura del país. Alessa encontró un espacio en la literatura homoerótica y, por supuesto, un lugar privilegiado entre las lectoras lesbianas, bisexuales, feministas, activistas, periodistas y académicas que encontraron en el libro material de identificación, simbolismo y visibilización sobre una orientación sexual olvidada o ninguneada.

Alessa D. Leguía era un personaje misterioso; sin embargo, a pesar de sus escasas apariciones públicas (fueron cuatro: la presentación del libro, la lectura del cuento "Identidad ajena" en la feria del libro del mismo año, una firma de libros en una ONG que trabajaba por los derechos de los homosexuales, y una entrevista en la revista lésbica más prestigiosa del país, *SCUM*, donde yo trabajo) había cosechado una masa de fanáticas y seguidoras bastante numerosa. De esas apariciones públicas, la más importante fue la entrevista, en la cual declaró: *"Hablar de la homosexualidad, la homosexualidad en mí, es algo natural.*

Por eso escribo lo que escribo. No tengo nada que ocultar". Esa declaración pública la había convertido, a ojos de todas las lesbianas que teníamos miedo de confesar nuestra orientación sexual, en una heroína.

Un año después de *Confesión-edición impresa,* cuando todas esperábamos la siguiente publicación, Alessa murió. Su muerte a temprana edad y el tenue reconocimiento otorgado por la literatura oficial convirtieron a Alessa D. Leguía en leyenda e ícono para toda la comunidad homosexual.

Diez años después de su muerte le propuse a la directora de *SCUM* un artículo en homenaje a Alessa. Ella había aparecido muchas veces en la revista a lo largo de esa década, pero esta vez, le dije a la directora, era necesario un reportaje especial. Planeaba escribir un artículo que, además de resumir su biografía, incluyera un testimonio de alguien que la hubiera conocido de cerca. La directora estuvo de acuerdo y me ofreció más de lo que esperaba: ocho páginas y la portada de la siguiente edición.

Como necesitaba el nombre completo de Alessa D. Leguía para buscar algún familiar que me diera la entrevista, empecé consultando la guía telefónica y las bases de datos de escritores de las que disponía. Al no obtener resultado, revisé el material que tenía guardado sobre ella. Pero de la revisión de todas esas publicaciones el único dato que podría conducirme a su identidad exacta era una pequeña nota de prensa aparecida en *El Telégrafo,* donde se informaba de su muerte. Se me ocurrió que si ubicaba el obituario, que probablemente había sido publicado el mismo día, tal vez encontraría lo que andaba buscando.

Al día siguiente visité el archivo del periódico y pedí la edición correspondiente al día en que apareció la nota de prensa. No había nada. Busqué en el del día anterior y tampoco. Luego retrocedí un día más y esto fue lo que encontré:

DEFUNCIÓN
La familia de quien en vida fue la escritora Alessa D.
Leguía Schein Rodríguez Cumple con el penoso deber de
comunicar su sensible fallecimiento acaecido este mes.

Era un obituario extraño: había tres y no dos apellidos, y no se precisaba la fecha del fallecimiento ni tampoco quiénes eran los familiares que comunicaban la noticia. Sin embargo, con esos datos decidí buscar en el Registro de Identidad el documento de Alessa con el fin de encontrar una dirección que me acercara a alguien que la hubiera conocido.

Ingresé "Alessa Leguía Schein Rodríguez". Nada. Quizá tenía que digitar el nombre exacto en la base de datos del registro, pero como no sabía a qué correspondía la "D" tuve que probar con todas las combinaciones posibles: "Alessa D. Leguía Schein", "Alessa D. Leguía Rodríguez", "Alessa D. Schein Rodríguez" y todas esas variantes omitiendo la letra "D". La base del Registro de Identidad no produjo ningún resultado exacto. Sin embargo, entre los nombres cercanos figuraba cierta Alessandra Schein Rodríguez que, aunque no llevaba segundo nombre, coincidía en el año de nacimiento (1961) y deceso (1986). Copié la dirección del documento y decidí pasar por ahí para ver si lograba averiguar algo.

Esa misma tarde comencé a redactar el artículo. Empezaría con un perfil sobre Alessa escrito con una mirada de admiradora y que, de momento, tomaría como referencia su obra, la entrevista de *SCUM* y lo poco que se sabía de su biografía. También pensaba incluir uno de sus cuentos cortos ("Suciedad") y su respectivo análisis literario. Para eso hablaría con Susana Gatnos, una de las críticas más respetadas tanto en el medio lésbico como en el oficial gracias a sus opiniones en contra de la interpretación académica. Quería hacer un reportaje muy completo. Pero me faltaba conseguir la entrevista. Y en eso estaba.

3

La casa correspondiente a la dirección que había encontrado era grande, pero por fuera parecía descuidada en comparación con las otras de la cuadra. No sabía quién vivía ahí ni tampoco si tenía alguna relación con Alessa D. Leguía. Sin embargo, era la único que tenía a mano para continuar. Toqué el timbre y al rato salió una mujer vestida de enfermera.

–Buenos días…

–Sí, ¿qué desea?

–Me llamo Danae García Pazos, soy periodista. Estoy haciendo una investigación para la revista *SCUM* y busco a alguien que haya conocido a Alessandra Schein Rodríguez…

–La señorita ha fallecido hace varios años…

–Lo sé, pero debe haber alguien con quien hablar sobre ella…

–No creo que el señor quiera hablar sobre ella…

–¿El señor, por casualidad, tiene relación con Alessandra?

–El señor es su papá, pero como lo repito no creo que quiera hablar sobre ella. Es un hombre delicado.

–¿No le podría consultar?

–Voy a ver.

Unos minutos después escuché la voz entrecortada de un hombre a través del intercomunicador. Parecía respirar con dificultad.

–¿Qué quiere?

–Mi nombre es Danae García Pazos, trabajo para la revista *SCUM* y estoy haciendo un reportaje sobre una escritora que creo que es su hija.

–Ya lo sé. Pero no me interesa hablar de ese tema…

–¿Alessandra Schein Rodriguez es Alessa D. Leguía?

El viejo tosió antes de colgar el auricular. Volví a tocar el timbre varias veces sin obtener respuesta. Cuando estaba por irme, la puerta se abrió y apareció la mujer. Me alcanzó un papel doblado en dos. Luego volvió a entrar a la casa. Yo desdoblé el papel y leí: *No sé qué quiere con Alessandra; sin embargo, es posible que tenga algo para usted. La espero mañana a la misma hora.*

Al día siguiente la misma mujer me condujo a una biblioteca de estantes altos y muebles llenos de polvo. Al rato, un viejo con una mascarilla de oxígeno entró a paso lento.

—Nadie ha venido a preguntarme nada sobre Alessandra en todo este tiempo. Su revista, ¿por qué se interesa ahora por ella? Estoy seguro de que ni siquiera se interesaron cuando murió...

—Se equivoca, señor Schein. Mi revista siempre ha estado interesada en Alessa, siempre han aparecido notas sobre ella. Este reportaje es el más importante porque lo estamos haciendo por el décimo aniversario de su muerte.

—¿Cómo me dijo que se llama su revista?

—*SCUM*, tiene más de veinte años de trayectoria...

—No la conozco.

—No es de circulación masiva, nuestro público se compone de lesbianas, feministas, mujeres interesadas en temas de diversidad e igualdad sexual. Tenemos una edición mensual impecable, más de cien hojas, columnistas de primera línea. Justamente en la edición del mes que viene saldrá el reportaje sobre su hija. Le he traído una copia del número en donde salió la única entrevista que dio Alessa, déjeme regalársela —le alcancé la revista. El viejo examinó la carátula y luego hojeó el interior. Un gesto de molestia se marcó en su cara y tuvo que tomar aire de la mascarilla. Luego tiró la revista a un lado.

—No me interesa. Si hubiera sabido que era para esta... porquería, no la dejaba pasar. ¿Qué quiere saber sobre

Alessandra? Tengo algo para usted, pero dado el corte de su revista, dudo mucho que quiera publicarlo.

–Señor Schein, todo lo que tenga que ver con Alessa es de mi interés. Créame que le haremos un reportaje bonito, como homenaje, nada que hable mal de ella.

–Sepa usted que no me interesa lo que hablen de Alessandra mientras se diga la verdad. Y ella, apoyada por gente como ustedes, se dedicó a mentir. Si usted supiera la verdad no estaría acá. Probablemente se sentiría humillada, tal como yo me sentí.

–No entiendo lo que me está tratando de decir...

–Alessandra era mi única hija. Yo nunca estuve de acuerdo en que publicara esa porquería de libro… cómo se llamaba… –el viejo tosió buscando su mascarilla–, no sé, esa porquería. Pero ella igual lo publicó y se alejó de mí. Fue mejor así. Por lo menos tuvo la dignidad de no ponerse mi apellido. Aunque igual aparecía en público…

–¿Por qué no estaba de acuerdo con la publicación del libro?

–Es una porquería, una vergüenza, pero sobre todo es una mentira. Toda fue mentira, inclusive lo que declaró para su revista...

–Pensé que no conocía la revista…

–Ella pudo ser una escritora normal, no *eso* en lo que se convirtió. Luego ella se alejó, no quiso saber nada más de mí. Ni siquiera pude ir al entierro. Me acusaron de que yo la había rechazado. Pero eso no es verdad. Todo fue una vergüenza, pero nunca la rechacé.

–¿A qué se refiere con que todo era mentira?

El viejo comenzó a toser y a aspirar con más fuerza de su mascarilla. Cogió un sobre amarillo y me lo entregó.

–No voy a seguir hablando de Alessandra. En este sobre está el resto de la historia. Usted entenderá todo y por fin podré estar en paz.

–No lo entiendo…

–Ahora por favor retírese. Puede escribir todo lo que le he contado y lo que va a encontrar en ese sobre. Si quiere puede usar mi nombre. Espero que se atreva, quizá así su revista tendría algo de dignidad –el viejo se levantó y a paso lento abandonó la habitación.

Salí de la casa. Afuera abrí el sobre. Dentro había una foto en la que Alessa D. Leguía estaba vestida de novia y del brazo de un hombre. Detrás de la foto estaba escrito un nombre y un teléfono: *Grimaldo Leguía /445-9570.*

4

La foto de Alessa me produjo varias sensaciones. Aunque admiraba su valentía al asumir abiertamente su sexualidad, si llegaba a confirmar el engaño quedaría decepcionada. Por eso me planteé varias posibilidades sobre la foto que me dejaran intacta su imagen:

Dado el comportamiento de su padre, no me habría sorprendido que a Alessa la hubieran obligado casarse para ocultar que era lesbiana.

Alessa no era la de la foto. Era una posibilidad remota: ella era una persona perfectamente reconocible.

La foto no era de un matrimonio, sino de una fiesta de disfraces o de una *performance*. Descarté esta posibilidad porque no tenía mucho sentido.

Aunque Alessa era lesbiana, se había enamorado de un hombre. Su declaración, a mi parecer (y en el de todas quienes la habían convertido en ícono *gay*), dejaba claro que no era bisexual: *"Hablar de la homosexualidad, la homosexualidad en mí, es algo natural. Es por eso que escribo lo que escribo. No tengo nada que ocultar".* Su posición de lesbiana se reafirmaba con su libro: en *Confesión-edición impresa* no había ninguna referencia a la bisexualidad ni a ningún personaje bisexual. Por otro lado, cabe mencionar que ninguna lesbiana hubiera elevado a "ícono" a una persona bisexual, pues la mayoría ve a las bisexuales como "lesbianas no asumidas" y eso suele molestarles mucho. Si alguien hubiera concluido que Alessa era bisexual por esa declaración, Alessa no sería quien es.

Existía la posibilidad de que Alessa se hubiera "convertido" en heterosexual después de publicar el libro y hacer esas declaraciones. Tomando en cuenta que murió un año después de la publicación, tendría que haberse casado en ese lapso de tiempo.

Alessa mintió sobre su orientación sexual. Lo que no me quedaba claro era *por qué.*

En la parte de atrás de la foto posiblemente estaba la respuesta: *Grimaldo Leguía /445-9570.* En el fondo temía que, después de llamar, Alessa D. Leguía no siguiera siendo para mí la misma que fue antes de que se me ocurriera hacer el reportaje. Por eso decidí llamar al día siguiente. Guardé la foto en el cajón de mi mesa de noche y releí el cuento "Migajas", que era mi favorito de *Confesión-edición impresa.*

"Te empujo contra la pared y comienzo a darte golpes contra ella. No dices nada, no haces nada. Pequeños pedacitos de migajas comienzan a caer al suelo. Pero conservas tu sonrisa, tu estúpida sonrisa que ahora detesto. Te dejas caer. Me arrodillo a tu lado y tu sonrisa sigue ahí, sigue, como si te burlaras, como si nada hubiera pasado entre nosotras, como si siempre hubieras sabido que todo era mentira. Finalmente, más migajas, te las tiro en la cara. Tú vuelves a sonreírme, aunque nunca dejaste de hacerlo".

Cerré el libro y guardé a Alessa en el cajón. Esperaba volver a encontrarla.

5

Tuve que llamar a Grimaldo Leguía varias veces antes de que decidiera recibirme. La primera llamada no tuvo mayor éxito: me identifiqué, le conté del artículo y le pregunté si podría hablarme de Alessa. Leguía escuchó sin interrumpir, respondió que no y colgó. Insistí varias veces hasta que el teléfono comenzó a sonar ocupado. Esperé hasta el día siguiente. Cuando lo tuve en la línea, me vi obligada a revelarle que fue Schein quien me había hablado de él y que tenía en mi poder una foto de la que quería hablarle. Después de un breve silencio, me dijo que anotara una dirección y luego indicó una fecha y hora de la semana siguiente. Le pregunté si podíamos adelantar la cita, pero dijo que era *imposible*. Así que seguí revisando mis archivos mientras llegaba el día indicado.

Él mismo me abrió la puerta. Era delgado, muy pálido, casi fantasmal. Tendría cuarenta o cuarenta y dos años, no más. Las facciones eran parecidas a las de la foto, pero se notaba que había envejecido más de lo normal.

Dentro de la casa atravesamos un pasadizo que nos condujo a un recibidor con cinco puertas. Leguía sacó un manojo de llaves y abrió una de las puertas. Entramos a un pequeño estudio con una biblioteca, un escritorio, un par de sillas, un equipo de sonido con *Ne me quitte pas* sonando y una computadora que parecía muy antigua. Lo extraño es que todo estaba revuelto, e incluso destruido. Había papeles y libros rotos, las sillas estaban tiradas en el suelo, la computadora tenía el teclado partido. Parecía como si alguien, en un súbito estallido de locura, hubiera destrozado todo. Solo el equipo de sonido parecía nuevo, como si alguien lo hubiera colocado ahí después de la destrucción. Me dio la impresión de que siempre estaba prendido, pues cuando terminó la canción, ésta volvió a comenzar al instante.

–Este es el escritorio de Alessandra –dijo Leguía–. Aquí escribía. Lamento el desorden. ¿Le gusta *Ne me quitte pas?* Siempre está sonando, me gusta así... *Ne me quitte pas, ne me quitte pas, ne me quitte pas...* ¿Sabe usted francés?

–Sí. *No me dejes, no me dejes, no me dejes...*

–Exacto... *Ne me quitte pas* en la voz de Ornella Vanoni es una interpretación dolorosa, ¿no lo cree? Quería enseñarle este lugar para que lo grabe en su memoria. Quizá podría escribir sobre él en su artículo, ¿no?

No contesté. Volvimos a atravesar el pasadizo, en silencio, y nos sentamos en la sala. Leguía comenzó a jugar con un aro que llevaba puesto en el dedo anular de su mano derecha. Sin parar.

–Ha hablado con el señor Schein. ¿Qué le ha dicho?

–Me ha dado esto –le entregué la foto. Él la miró con atención.

–¿Usted quiere saber la verdad o ya la sabe?

–No sé mucho. Por eso he venido, me interesa saber quién es usted, cuál es su relación con Alessa…

–Quiere saber bastante. Mire, con esta foto en su poder imagino que usted piensa que me tiene acorralado. Pero no es así. Yo nunca he actuado en contra de Alessandra. Así que le voy a contar verdad, pero también le daré algo para que usted decida qué hacer. De esa manera, si yo estoy un poco acorralado, usted también lo estará. Yo actúo por el bien de Alessandra y por su bien puedo hacer cualquier cosa.

–Está bien.

–Comience a preguntar.

–¿Usted es el marido de Alessa? ¿Se casaron legalmente?

–Nos casamos antes de que publicara su libro y se hiciera conocida. Alessandra y yo éramos como una sola persona. Fue una relación atípica, que no se dio bajo los contextos normales en los que se da una relación. Pero con eso no la voy a aburrir, además quisiera que respete nuestra privacidad en ese asunto.

–Entiendo. Me dice que fue una relación atípica, ¿tiene esto que ver con la orientación sexual de Alessa? ¿Era lesbiana o bisexual?

–Usted parece una persona inteligente, no entiendo cómo puede pensar que Alessandra era lesbiana o bisexual desde el momento que recibió la foto y que yo le confirmo que nos casamos. Ella pensó en una estrategia de marketing que le funcionó muy bien. Usted no hubiera descubierto nada si es que no se lo decía el viejo Schein.

—Yo encontré el obituario de Alessa, era más que sospechoso. Fue por él que llegué a su papá...

—Nunca pensé que alguien lo vería porque lo publiqué varios días después del entierro y antes de que saliera la nota de prensa. La nota de prensa, por supuesto, la envié yo mismo. El obituario no tenía fecha, no decía quiénes lo publicaban, pero sí su nombre completo porque pensé que el viejo al fin podría reconciliarse con ella. Quería que el viejo viera que a ella sí le importaba llevar su nombre completo. Pero a él no le importó.

—Mejor cuénteme por partes. Habló de una estrategia...

—Yo apoyaba a Alessandra en todo y la apoyé en esto también. Ella se dio cuenta de que eran muchos los escritores jóvenes que habían publicado en los últimos años y no quería perderse en medio de esa multitud. Se encerró dos semanas en el estudio y cuando salió había terminado *Confesión-edición impresa*. Lo leí y me dejó confundido. No podía entender por qué había escrito un libro con temática lésbica. Además, ella tenía material, no necesitaba escribir nada nuevo. *"No entiendes"*, me dijo. *"Nadie en este país ha publicado algo así en narrativa, voy a ser la primera, voy a tener prensa, público"*. Luego me contó que ella como autora pensaba asumir un personaje que tuviera relación directa con su libro. Y que por eso nadie debía saber nada sobre nosotros. No teníamos amigos vinculados al mundo literario, así que no fue difícil. Todo se fue dando tal como ella lo había pensado. Encontró un editor, su libro apareció en prensa, consiguió un público. Pero no midió las consecuencias. Y luego murió y acá estamos usted y yo hablando de esto.

Sentí que me quedé sin aire. Leguía jugaba con el aro y me miraba.

–Lo siento. ¿Era usted admiradora de Alessandra?

–Casi todas la admirábamos por su valentía. Ahora me entero de que nada era verdad. No es algo fácil de asimilar.

–Me lo imagino. ¿Quiere seguir?

–Sigamos. Me dijo que Alessa no midió las consecuencias de la publicación del libro. ¿Cuáles consecuencias?

–Primero, el asunto con su padre. El viejo Schein es una mierda. Le dijo que si publicaba un libro así se olvidara de él, y que no se le ocurriera mencionar que estaban relacionados. Ni Alessandra ni yo entendimos por qué el viejo se había puesto así. Con el tiempo me he dado cuenta de que el viejo pensó que fingirse lesbiana era una venganza contra él. Una venganza por nunca aceptar nuestro matrimonio. Alessandra lo buscó y le dijo que no publicaría el libro con su nombre y que eso le evitaría la deshonra social que para gente como Schein significa tener una hija lesbiana. El viejo igual le dijo que no quería verla más, que el nombre era lo de menos si pensaba dar la cara. Por eso ni siquiera fue al entierro. Para él, Alessandra había muerto mucho antes y se había convertido en otra persona. Otra persona que no tenía relación con él.

–Schein dijo que lo botaron del entierro, que ella fue quien se alejó…

–Alessandra nunca hubiera hecho eso. A pesar de todo, ella lo quería.

–¿Qué otras consecuencias le trajo a Alessa publicar ese libro?

–El círculo literario oficial nunca la consideró una escritora seria y eso Alessandra no pudo tolerarlo. Solo ustedes reconocieron su valor, aunque ella sentía que no reconocían su valor literario, sino solo su imagen. De cualquier manera, ella se debía a ustedes. Por eso me imagino que, de seguir viva, ella hubiera seguido escribiendo libros de ese tipo, y esperando que en algún momento se le reconociera también por su literatura.

–¿Era necesario que mintiera sobre su orientación sexual? Pudo publicar el libro sin decir que era lesbiana, sobre todo si no era cierto…

–No estoy seguro. Pero sí tengo claro que ella lo quería

todo: la polémica, el estatus de ícono, los lectores, la prensa, el reconocimiento, el lugar en la literatura. Y con esa estrategia lo consiguió, al menos en parte. Alessandra no hubiera estado conforme con publicar un libro y pasar desapercibida.

Leguía había dejado caer el aro varias veces mientras yo trataba de sobreponerme a todo lo que había escuchado.

—Lamento que el viejo le hiciera esto. Ese viejo nos ha hecho mucho daño y si usted publica lo que le he contado, él habrá logrado lo que siempre quiso: que Alessandra desaparezca.

—¿Entonces por qué me lo ha contado usted, señor Leguía?

—Porque esta es la verdad, no lo que pueda decir el viejo Schein. Tampoco quería que escribiera un artículo con teorías sobre Alessandra. Yo siempre la he cuidado y ahora más que nunca. Para Alessandra llegar donde llegó no fue fácil y eso es lo que vale. Usted no tiene derecho a quitárselo. No importa si ella no dijo la verdad.

—Pero yo voy a publicar lo que usted me ha contado. La verdad se va a saber...

—Quién sabe. Le tengo un regalo que quizá la haga cambiar de opinión.

Leguía se levantó y me indicó que lo siguiera. Volvimos

a entrar al estudio de Alessa. *Ne me quitte pas* seguía sonando. De uno de los cajones sacó un grupo de hojas escritas en computadora y me lo entregó.

—Este es el segundo libro de Alessandra. Usted puede publicarlo: se lo regalo. La condición es que no publique mi historia ni esa foto ni lo que le contó el viejo. Incluso le puede poner el título que desee, creo que ella nunca pensó uno para este libro. Tiene la misma temática, todo lo de *Confesión-edición impresa...*

Hojeé el libro. Eran ocho cuentos que, en conjunto, sumarían un libro de cien páginas.

—No entiendo. Han pasado diez años, ¿por qué no lo publicó antes?

—El libro no es tan antiguo, señorita. Digamos que acabo de encontrarlo en medio de este desorden. ¿Me creería usted lo difícil que es encontrar algo en medio de tanta destrucción?

—¿Me está diciendo que lo ha encontrado después de *diez años?*

—¿Me creería? Yo solo cuido a Alessandra y puedo hacer cualquier cosa por ella.

Leguía sonrió con ternura. *Ne me quitte pas, ne me quitte pas, ne me quite pas...* sonaba mientras yo trataba de encontrar una imagen que pudiera reconstruir, al menos en parte, lo que yo misma había ocasionado.

6

Leí el manuscrito dos veces antes de tomar una decisión. Lo primero que pensé fue que, en todo caso, este libro no era menos auténtico que el anterior. Pero después me di cuenta de que, a pesar de que no era mejor que *Confesión-edición impresa*, este libro también parecía escrito con sangre, escrito desde el dolor. Y entonces entendí hasta qué punto Leguía era capaz de hacerlo todo por ella. Por eso me había citado una semana después. Había preparado este regalo para proteger a Alessa del viejo, pero sobre todo de la verdad. Sin embargo, la verdad puesta en evidencia podría contribuir al objetivo de Alessa de ser reconocida por su literatura y no por su imagen. Y también para que tantas, como yo, cambiaran un poco sus parámetros de valoración del manuscrito y sobre todo de *Confesión-edición impresa*.

El último párrafo del cuento que se titulaba *"No me dejes"* decía así:

"Le dije que no fue mi intención, pero ella sabía que no era verdad. Y ahora ella lo controlaba todo y podía decidir. Podía decidir. No me dejes, le dije. No me dejes, por favor. Parecía no escucharme cuando volteó y se fue. Volteó. Se fue".

Y yo salí de casa con el manuscrito, la foto y el artículo que había prometido.

LA CARA SOBRE LA ALMOHADA

1

Como cada año, hoy nos reunimos para recordar a mi hermano menor. Su nombre era Mateo y, en verdad, era mi medio hermano. Yo lo conocí cuando él tenía once. Tres años después, Mateo se envolvió la cabeza con una toalla, se metió una pistola en la boca y disparó. En su breve carta de despedida dijo que esperaba que la toalla resistiera la embestida del proyectil porque no quería que le vieran la cara destrozada. Pero yo la vi. Fui yo quien lo encontró y se quedó aferrado a su cuerpo hasta que mi padre entró a la habitación y colapsó. Solo en ese momento me alejé del cuerpo de mi hermano para abrazar a mi padre y pedirle perdón porque sabía que esa era una tragedia que no podría superar. Y yo era el único culpable. Alcoholizado, como todos los días, pedí perdón. Pero nadie me escuchó. Después tomé a mi padre por los hombros y lo sacudí para que reaccionara. Él se fue a aferrar a las piernas del cadáver de su hijo hasta que la toalla se desprendió del todo y vimos a Mateo, que ya no era Mateo sino una masa de carne con los dientes rotos y mechones de pelo manchados de sangre. Lo volvimos a cubrir para no verlo más.

Han pasado diez años, ahora Mateo tendría veinticuatro. Mi padre ha reunido a la familia alrededor de su foto. Mi hermano mira fijamente a la cámara: el pelo oscuro cubre unos ojos pequeños y tan grises que parecen trasparentes, la sonrisa fingida demuestra que no quiere estar ahí. Me cuentan que Mateo siempre fue un niño triste, y su tristeza se acentuó después de conocerme, sobre todo en los últimos meses antes de morir. Escucho el discurso de mi padre: un hombre viejo, viudo, acabado y enfermo cuyo hijo está muerto y aún no lo acepta, no lo entiende, no sabe qué fue lo que pasó. Se preguntaba todas las noches qué habría pasado si hubiera hablado con Mateo una sola vez para saber qué le pasaba cuando se encerraba en cuarto a escribir en los foros de suicidio que encontraron cuando revisaron el historial de su computadora. Nunca mencionó por qué quería matarse, solo preguntaba cuál era la mejor opción para que fuera rápido y sin dolor. Rápido y sin dolor, escribía. Ahora mi padre llora y yo me acerco a él para abrazarlo. No es tu culpa, le digo al oído mientras Mateo nos mira desde esa foto, a él suplicándole que se acerque y a mí repudiándome. Yo le pido perdón, sobre todo porque me da asco sentir que los mejores momentos de mi vida fueron los peores para mi hermano muerto.

2

Mi mamá me mandó a vivir con mi padre porque ya no me soportaba. A los diecisiete años estaba atrasado en el colegio porque mi adicción al alcohol se había vuelto incontrolable. Pero es adicción no era más que la forma de ocultar una adicción más siniestra: mientras mis amigos se masturbaban mirando chicas sin ropa, yo solo lograba excitarme observando niños. Niños que se acercaban para pedirme que les invitara algo en el quiosco del colegio, niños que muchas veces se sentaban casi rozando su cuerpo contra el mío porque querían escuchar alguna historia de mis borracheras, niños a quienes alguien obligaba a posar desnudos en fotos que yo encontraba en webs a los que nunca debí acceder. Mi madre lo descubrió todo: la colección de fotos que me servían para autosatisfacerme, los videos que replicaba en mi cabeza para lograr orgasmos más intensos, mis conversaciones con otros enfermos como yo que hablaban de cómo secuestrar niños en los parques o supermercados para poder abusar de ellos. Busca a tu padre, vete con él, me dijo.

A nosotros nunca nos había interesado saber nada sobre mi padre. Por eso no sabíamos que se había vuelto a casar, ni que tenía otro hijo. Lo busqué en Facebook y le mandé un mensaje diciendo que quería reencontrarme con él, quizá intentar establecer una relación. ¿Puedo quedarme un tiempo en tu casa? Aceptó, quizá por culpa. A Mateo lo había abandonado por su trabajo, pero a mí me había dejado de verdad. Ningún contacto en más de diez años, ni un saludo de cumpleaños, ni una visita anual. Yo casi no podía recordarlo. Recuperemos el tiempo perdido, agregó. Y yo agarré una pequeña mochila y aparecí en la puerta de su casa. Él me abrazó largo rato hasta que vi a su espalda a un niño pequeño, flaco, tan flaco que se le veían todos los huesos del cuerpo a través de la ropa. Sus ojos entreabiertos y temerosos, su pelo alborotado y esas piernas pálidas por las que quise pasar mis dedos.

Mi padre me dijo: este es Mateo, tu hermano Mateo, tiene once años. Y Mateo me sonrió y me preguntó si quería ver su colección de carros de carrera. Yo le dije que sí y fuimos a su cuarto, donde lo vi jugar por horas para grabar cada detalle de su cuerpo. Luego me acerqué para sentir el olor de su cuello y para rozar sus dedos con los míos con la excusa de que me prestara sus carritos. ¿Juegas videojuegos?, me preguntó. Le dije que sí. Le hubiera dicho que sí a cualquier pregunta solo para pasar más tiempo con él. Necesitaba ganarme su confianza. Sentí una leve erección cuando me abrazó y dijo que le gustaba que yo estuviera ahí. Tú me haces caso, dijo. Y yo, avergonzado, fui al baño y me toqué por primera vez pensando en ese niño que estaba detrás de la puerta golpeando para pedirme que siguiéramos jugando mientras yo llegaba al orgasmo, lleno de terror porque había cruzado un límite del que sabía no había retorno posible. Es mi hermano, no es un niño cualquiera, es mi hermano, repetí varias veces sin que mis ganas de verlo y tocarlo cesaran.

Esa noche mi padre me dio un puñetazo en la mandíbula porque me terminé una botella de pisco que tenía en el bar.

Acá has venido para enderezarte, me dijo. Y yo me reí sin parar mientras asimilaba el dolor del golpe.

3

Los ojos de Mateo siempre me miraban como si estuvieran esperando algo. Que le diera mi atención, que escuchara lo que le había pasado en el colegio, que le dijera para jugar con él. Se acercaba a la puerta de mi cuarto y asomaba la cabeza. Lucas, decía con una voz suave que demostraba su vulnerabilidad ante mí. Yo normalmente estaba tirado en la cama y Mateo seguía en la puerta. Su presencia me perturbaba. Quería decirle que se fuera, pero en cambio lo invitaba a echarse a mi lado y que pegara su cuerpo al mío. Y él hablaba de los problemas que sufría en el colegio a causa de su debilidad física, de algunos solitarios triunfos en los videojuegos, de que su mamá pasaba el tiempo jugando a las cartas con sus amigas. Mientras tanto, yo me acomodaba para sentir su pequeño cuerpo. A veces le quitaba la camiseta diciéndole que hacía calor, luego hacía lo mismo para sentir el contacto con su piel. Me daban ganas de bajarle el short, de frotar mi pene contra sus nalgas de niño, sí, de niño, me repetía, es solo un niño, lárgate, Mateo, lárgate, le gritaba, no quiero volver a verte. ¿Qué hice?, preguntaba él, los ojos llorosos, pero yo me volteaba para no verlo partir porque me dolía quererlo de esa manera. Él se iba y yo lo escuchaba llorar intentando taparse con la almohada para que no lo escuchara. Tenía miedo de cometer errores con la única persona que parecía quererlo. Mateo lloraba en su cuarto y yo en el mío. Más tarde iba a buscarlo para pedirle disculpas y jugar un rato con él. Otra vez se ponía contento, otra vez me miraba suplicando que no lo dejara nunca, que por favor me quedara con él. Así pasó casi un año y mi poca cordura terminó de quebrarse. Mateo había cumplido doce años y había descubierto lo que era sentirse excitado. Yo me di cuenta porque se notaba su desesperación. No podía quedarse quieto, pasaba largo tiempo encerrado en el baño mientras yo pegaba la oreja a la puerta y escuchaba sollozos tenues. Me masturbé con violencia en mi cuarto y supe que perdería el poco control que todavía tenía sobre mis deseos. Y cedí.

4

La primera vez no fue fácil. Repetimos el ritual de quitarnos el polo por el calor, pero esa vez yo le baje un poco el short que llevaba puesto. Lucas, qué haces, me preguntó. Mateo, yo sé lo que haces en el baño. Esto es normal, es muy normal. Con el rostro enrojecido, se levantó rápido y buscó su polo para cubrirse. Yo te puedo enseñar, ¿acaso no confías en mí? Sí, sí confío, pero no está bien…

No lo dejé terminar, lo agarré de la mano y él se dejó llevar. Su cuerpo pequeño y frágil temblaba cuando lo abracé, le bajé el pantalón y rocé mi pene entre sus nalgas. No está bien, sollozó. Yo sentí que unas lágrimas comenzaban a caer de mis mejillas. Lo siento, no quiero hacerte daño, no me dejes hacerte daño, le dije. Pero él no me escuchó. No dejaba de temblar. Pero no pude, no porque no quisiera sino porque era físicamente imposible. Él todavía era muy chico y sabía que lo lastimaría si intentaba continuar. Entonces solo lo masturbé y le dije que hiciera lo mismo conmigo. Las manos nerviosas, los movimientos torpes, las uñas que me arañaban, pero yo llegué al orgasmo muy rápido, tan rápido como él. Ambos nos miramos y él se fue con el rostro enrojecido y los ojos aterrorizados. Pero al día siguiente volvió.

La casa vacía, la puerta de mi cuarto cerrada, su cara sobre mi almohada. Siempre la cara en la almohada, dos años evitando que nos descubrieran, dos años haciendo con su cuerpo todo lo que yo quería sin que él se quejara. Con el paso de los meses, Mateo se volvió más triste y retraído.

Ya casi no hablaba. Pero siempre venía a mi cuarto puntual y me dejaba hacer lo que yo quisiera. Supongo que pensaba que era la única forma en que alguien podía llegar a quererlo. Y yo lo quería, juro que lo quería. Han pasado diez años y solo pienso en que Mateo debió matarme antes de suicidarse para detener este dolor, el mío. Pero sobre todo para evitar el daño que hasta ahora sigo haciendo.

5

Mi padre está sentado en su estudio. No le veo la cara, su cabeza apunta a la ventana, intuyo que está llorando. Papá, lo siento, le digo. Debe pensar que le estoy dando mis condolencias otra vez, pero no es así. Ha llegado la hora de decirle la verdad. Debemos cerrar el ciclo y a mí deben encerrarme en la cárcel. Tengo que contarle todo. Papá, yo soy el responsable de la muerte de Mateo. Yo estoy enfermo, le digo. Abusé de él durante años. Mi padre no reacciona. No sé si está en shock o está dormido. Me acerco un poco, con temor. Estoy enfermo, papá, le digo. Veo que tiene los ojos abiertos, muy abiertos. Pero no reacciona ante mi confesión. No dice nada, no se indigna, no se levanta para lanzarse sobre mí y destrozarme la cara a golpes. No hace nada. Papá, ayúdame, le digo. Pero él solo me mira con lástima. Ya es muy tarde, ya no hay nada que hacer.

INDICE

Más títulos de la Editorial en:

www.suburbanoediciones.com